U0018641

幸福感閱讀

Be-Brilliant

12歲那天
我賠光了
老爸的帳戶

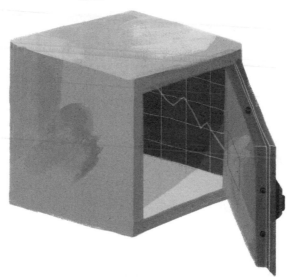

THE SHORT SELLER

Elissa Brent Weissman
艾莉莎·布蘭特·懷絲曼　著
陳維真　譯

獻給

卡崔娜

摘自喜愛本書、大小讀者們的★★★★★評價

非常具有教育性！……打從一開始，我並不瞭解股市。然而在讀完這本書後，讓人彷彿置身在一個充滿趣味的環境，同時學到很多股票市場的知識……。

——Janey

身為班導師，我發現十二歲的小琳蒂十分有趣。討厭數學的她，在上數學課時腦袋變成漿糊，但在進出股市時卻變身成神童……。

——Rebecca

真心推薦這本書，給喜歡《哈利波特》系列的讀者們。

——cooldog3558

事實上，我愛死這本小說了，還情不自禁讀了三遍……。

——Alexandra M

第一部

甜蜜的起點

琳蒂打了個呵欠，彷彿她還有選擇似地思考著攤在桌上的選擇：究竟是要先做回家功課，還是開始享用剛出爐的巧克力豆餅乾。最後琳蒂把兩塊餅乾疊在一起，然後一口咬下。

「雙層餅乾，」小豪說，「妳應該一次吃一塊的，這樣才能享用久一點。」

「嗯……」琳蒂說，她吸舔掉融化在手指上的巧克力，「但那樣就不好玩啦。」

小豪滑進琳蒂對面的座位[1]，看著散落在桌子另一邊上下顛倒的書。琳蒂盤裡的餅乾他甚至沒看一眼，雖然這沒讓琳蒂感到意外，不過她還是覺得很神奇。因為小豪的爸爸是烘焙師傅，不知怎麼的，似乎使小豪對甜點的誘惑免疫了。琳蒂心想，如果是**她**爸爸在「甜蜜逃亡」糕餅店工作，她一定什麼都不吃，只吃甜點。

「下週五的數學考試，妳準備好了嗎？」小豪問道。

「呃……當然沒有。」琳蒂把頭靠在自己的手臂上。「斯蒂

---

1. booth；美式餐廳的高背長沙發座位，所以小豪是用「滑」進去而不是坐進去。

8   THE SHORT SELLER

芙會來這裡幫我惡補，你也一起來吧，我很需要你們的幫忙。」

小豪毫不掩飾地露出對斯蒂芙的厭惡。「我得幫我爸的忙，」他說的時候朝櫃檯方向點個頭，「不過，如果妳有問題的話，晚點可以叫我。」

琳蒂抬起頭，看著自己的數學課本後，吃掉第三塊餅乾，「我一定會叫你的。」

這時「甜蜜逃亡」的店門被打開了，掛在門上的鈴聲響起後，小豪就迅速地滑出座位，這代表進入店裡的人一定是斯蒂芙。她一身全副武裝的冬衣，雙手戴著手套、脖子圍著圍巾、頭戴毛帽、最外層還套上蓬鬆的長版大衣，就連外套的帽子也拉上拉鍊，只露出她的眼睛和鼻子，像個太空人般。斯蒂芙與她的家人過去都住在四季溫暖的亞歷桑那州，所以到了紐澤西過冬時，穿得像是要到南極洲一樣。琳蒂也知道斯蒂芙不完全是為了保暖才穿那麼多層的衣服。只是搬到這裡之前，她從沒買過大衣或任何禦寒配件，所以即便過了三年，這些衣服還像新買的、絲毫沒有磨損的樣子。

「嘿，琳蒂！」斯蒂芙一邊脫掉外套一邊說道，「哈囉，霍華德[2]」。

---

2. 霍華德（Howard）是正式名，小豪（Howe）則是暱稱。

「嘿，」小豪說道。他把手縮回灰色風衣的袖子裡，無論天氣如何，這件風衣是他唯一的夾克。「我得去幫我爸的忙了。小琳，晚點見。」

「拜。」

斯蒂芙滑進座位裡，把衣服堆在一旁，並甩動她的褐色長髮，「為什麼每次我一來他就走了？」

「可能是因為妳叫他霍華德，他討厭那個名字。」

斯蒂芙微笑地說：「所以我才這麼叫他。」隨後她拿起琳蒂的餅乾吃了起來。「我在隔壁買了最新的《青少年力量》，有五頁的心理測驗耶。」

「借我看。」琳蒂說道。她和斯蒂芙對心理測驗都很入迷。她們喜歡可以預知未來的測驗，但更喜歡宣稱可以解釋現況的題目。「你壓力太大嗎？」琳蒂唸道，「如果答案是『是』，妳覺得我媽會讓我不用做家事嗎？」

「應該是不會哦。爸媽通常不喜歡雜誌裡心理測驗結果的真實性。」

「哪種帽子最適合你的臉型？」

「哦，」斯蒂芙說，「心型臉的建議是什麼？我是心型臉。」

琳蒂看著她的朋友，發現斯蒂芙中分的髮型在頭部形成的完美隆起處，使得臉型就像顆愛心一樣。

「我是哪種臉型？」琳蒂問斯蒂芙。

斯蒂芙不假思索地答了：「橢圓。」

「那小豪的呢？」

「圓形。」

琳蒂回頭看了一下站在櫃檯後面的小豪，發現斯蒂芙說得沒錯。小豪的臉是圓的，而她的臉比較長。顯然，斯蒂芙先前已經思考過這個問題。「厲害，」她說道。

琳蒂繼續看下去，「『誰是你的名人雙胞胎？』我希望答案會比『你的靈性動物是什麼』好。」

「噓！」斯蒂芙邊說邊從琳蒂手中搶回雜誌，「說好不要再講靈性動物的。」

斯蒂芙說得沒錯，測驗結果太丟人了。如果斯蒂芙是「抹香鯨」[3]的話，在各種意義上都很尷尬。琳蒂是公牛，這讓她覺得這個測驗很準。

「有了有了，」斯蒂芙說，「你們真的是最佳閨密嗎？」

「這個我們已經知道答案了。」琳蒂說。「那『下星期可以三周半跳嗎？』」她接著問。她和斯蒂芙下星期要開始上溜冰課了，在這段時間裡，她們不論是在客廳、學校走廊，甚至街上都在練習三周半跳。

「我們已經知道答案啦，」斯蒂芙說，「我們一定是天才。」

---

3. Sperm Whale，"Sperm" 也有精液的意思。

「好吧，」琳蒂說，「那有沒有『下星期五數學考試會不會過？』的測驗？」她皺起眉頭，「不過我想我已經知道答案了。」

斯蒂芙嘆了一口氣後把雜誌收起來。「好吧，」她說，「一起來寫功課吧。」

不過，斯蒂芙才開始討論第一道考題時，琳蒂就開始出神了。數字似乎有種魔力，可以讓琳蒂頭昏腦脹。即使她想盡辦法專心，但發現自己只想躺在座椅上睡上一覺。

「嘿。」

琳蒂眨眨眼。小豪站在桌子旁邊，手上拿著一個裝滿深褐色巧克力餅乾的紙盤。

「要不要？」小豪問道，「這一整盤都烤焦了，我爸本來想丟掉，不過他說如果妳們要的話，可以給妳們。」

「我們不需要你的 NG 餅乾，霍華德。」斯蒂芙說。

「我不是要給妳，」小豪說，「我是要給琳蒂。」

琳蒂看了一下餅乾，「謝了，但不用了。」

斯蒂芙朝著小豪露出一副「你看吧」的甜甜微笑，但他只盯著琳蒂看，「妳還好嗎？」

「我還好，」她說，「不知道為什麼我覺得很累。」

「累到不能吃免費餅乾嗎？」小豪說。

「沒人想吃你的烤焦餅乾，霍華德。」斯蒂芙說。

琳蒂揉揉眼，沒什麼心情聽他們倆鬥嘴，而且也肯定自己沒心情做作業。「我想回家了，晚點打給你們。」

斯蒂芙嘟起嘴巴說：「妳要把我留在這裡嗎？」

「把妳留在甜蜜逃亡，有這麼多美味的甜點圍繞著妳，不好嗎？」琳蒂笑著收拾包包，「我想妳可以撐過去的。」

在琳蒂準備走出門時，她幫凱西拉著門。凱西是另一位同班同學，她們在店門口錯身時都對彼此微笑。

「嘿，凱西。」琳蒂聽到小豪說：「妳要這些餅乾嗎？有點烤焦了，不過可以免費給妳。」

「真的嗎？」凱西說，「太棒了！」

倒下睡去[4]

　　琳蒂吃完晚餐後繼續與數學題目搏鬥，但她覺得好累，甚至感到十分挫敗。她盯著書本，一直到視線模糊了，然後再眨眨眼，讓雙眼又重新聚焦在文字與數字上。不過沒關係，無論是清楚還是模糊，她一律都讀不懂，只想睡覺。

　　她的姊姊崔西，擠過她的身旁去拿扭扭糖[5]。「妳**還在**做這題？」崔西問道。

　　琳蒂看著習題，頭都快貼上去了，「我數學就很不好嘛。」她突然抬起頭，身體倒回椅子上，額頭還沾上墨水。

　　「妳好像也不太知道怎麼讓額頭不去沾到墨水，」崔西說道。她從琳蒂身邊走過時，用手磨蹭了她的額頭，琳蒂連擋都懶得擋。

　　「妳不是數學不好，」媽媽的聲音從廚房裡傳過來。

　　「我數學**不好**，」琳蒂道，「我希望其他人不要再說我數學好了。」

---

4. 原文章名"Down-and-Out"於股票交易中有「下跌失效」之意。
5. Twizzler，美國流行的一種長條狀糖果。

「他們會這麼說是因為那是事實。妳還進了先修班呢。對妳來說，數學只是沒像其他科目容易上手而已，梅琳達[6]，妳只要更用功一點就沒那麼難了。」

聽到媽媽這麼說，琳蒂把臉貼在功課上，她不在乎臉上沾到更多的墨水。因為她其他科目成績好，大家理所當然認為她的數學也很好。去年她的數學考太爛，不符合七年級[7]數學先修班資格，爸媽和老師覺得她只是一時失常，因為琳蒂其他科目的分數很高，所以她還是被編進先修班了。

「不管我多努力，」琳蒂對著發皺的課本，「我就是搞不懂數學。」這時她下巴頂在課本上轉頭問媽媽：「我可以去睡覺了嗎？我真的好累好累……而且喉嚨有點痛。」

「說不定那是因為妳跟斯蒂芙講了四十五分鐘的電話，而且還是在妳和她一起去過甜蜜逃亡之後，」崔西說道。

「隨便妳怎麼說啦，」琳蒂喃喃地說：「講得好像妳從來不講電話一樣。」

「呃，對，我不講電話，」崔西說，「國中生才講電話。我傳簡訊。」

「妳們兩個！」媽媽說道。

崔西聳聳肩，把扭扭糖塞到自己的嘴裡，空出雙手在手機上

---

6. Melinda，主角的名字，但朋友稱她琳蒂（Lindy）。
7. 美國教育裡的七年級，相當於臺灣國中一年級。

打字，然後沿著走廊走回自己的房間。

　　薩克斯太太皺起眉頭，既懷疑又擔心，「妳看起來真的有點昏昏沉沉的。可是現在才八點三十分，」她說道：「再撐個十五分鐘。我賭妳可以把這整頁習題做完。」

　　除非我數學很好，琳蒂心想。她嘆口氣，重讀第三題。

　　這時爸爸走進廚房，在櫥櫃裡找東西。「我看到崔西在吃扭扭糖，」他說。

　　當家人要崔西來吃飯或做家事時，她的房門就會有神秘的隔音效果。但這時她卻立刻回話：「爸，你只能吃**一根**。我得掃**兩次**廁所媽才肯買扭扭糖給我。」

　　「又有乾淨的廁所，又有扭扭糖，」他對琳蒂眨眼說，「對我們來說是雙贏啊。」

　　琳蒂給了爸爸一個淡淡的微笑，就繼續看著她的第三題。

　　薩克斯先生兩口就吃掉扭扭糖，拿起電話，撥號碼，搖搖頭。

　　「吉姆不接電話。我想知道之前跟妳說的那檔股票是什麼。」他等了幾秒鐘後才掛上電話，「可是他沒接電話。」

　　「所以呢？明天上班再問他吧。」

　　「到時候就太晚了。我們越早買，就能賺越多錢。」

　　「所以明天一早就問他，然後在公司買。」

　　「不行，公司網路擋掉股票交易網站了，我得等到明天晚上回家後才能下單，到那個時候股市都收盤了，我們要等到星期

三早上才能買進，到時股價已經翻倍了。」

琳蒂從她的數學習題裡抬起頭：「你們在說什麼？」

「沒什麼，」媽媽說。

「股票，」爸爸說，「同事跟我說，有間公司的股票股價很低，但漲得很快，我想要買個幾張，但我不記得公司的名字，可是他又沒接電話。」

「『買股票』是什麼？」

「妳不用管，」媽媽說，「專心做妳的數學。」

「買股票就是買公司的股份。」爸爸解釋道，「每股有一定的價錢，妳可以依照自己的需要買多少股票。那麼在股價上漲的時候，妳就可以把股票賣掉來賺錢。」

「所以價錢會改變？」琳蒂問道。

「對，隨時都會變。吉姆跟我說，這家公司股價現在很低，所以我想在股價上漲前買進。」

琳蒂沾了墨水的額頭皺了起來，「那股價會下跌嗎？」她問道。

「會啊，」爸爸說，「所以買股票總會有風險。」

琳蒂想了一下，「所以如果股價下跌，你就會虧錢？」

「如果在股價下跌時賣出，就會虧錢，」他說，「假設妳用每股5塊美金買進，然後股價下跌到剩4塊，然後妳賣出妳持有的一股……」

「就虧了1塊錢。」琳蒂接著說。

媽媽拍拍琳蒂的背，「還說妳數學不好……」

琳蒂的肩膀往下沉。媽媽幹嘛要提醒她數學的事情。「十五分鐘過了，我沒辦法再保持清醒了。」她說，「我明天到教室再把題目做完吧。」

「琳蒂……」媽媽看到琳蒂雙眼底下的黑眼圈嘆氣道，「好吧，親愛的，好好睡一覺吧。」

「謝謝媽媽。」琳蒂從桌前起身，感覺身體的重量就像從水桶裡撈出的濕毛巾一樣。在她彎下腰親一下媽媽道晚安時，差點失去平衡。

「哇，琳蒂，」媽媽說，「妳身體真的不太舒服，是不是？我摸摸妳的額頭。」

「我沒事，」琳蒂往後退說道，「我只是想睡覺。」她和還沒聯繫到吉姆的爸爸道聲晚安就走回房間，倒在床舖上。**我應該換上睡衣的**，她心想。可是她接著想到自己必須記得把烤焦的餅乾拿給希伯來語學校（Hebrew School）的老師，不然祖父會罰她四塊錢。琳蒂有一部分的大腦還醒著，在做烤焦餅乾與希伯來語學校的怪夢之前，她應該蓋上棉被再睡的。但是另一部分的大腦卻說：**管他的**。

一個小時後，爸爸媽媽發現琳蒂房裡開著燈，她還穿著牛仔褲，躺在棉被上沉沉睡去了。

03

冬眠的熊[8]

「妳要去學校嗎？」

琳蒂睜開眼，抬起頭。她看一下時鐘，已經早上七點了。她再看向房門口，看到崔西已經穿好衣服，大衣、書包、一切都準備好了。接著她看看自己，發現自己也穿好衣服，只是穿的是昨天那套。「天啊，」她說。

「琳蒂起床了嗎？」媽媽經過崔西身旁，坐在琳蒂的床邊，「寶貝，妳身體好點沒？」

琳蒂想了一下，「感覺很累。」

「還是很累？」崔西說，「妳好像睡了十五小時了。」

她們的父親出現在琳蒂的房門口，就站在崔西身後說道：「我想我們家的女兒數學都不太好。」

「很幽默，爸。」

「喉嚨還是有點痛，」琳蒂說。

媽媽摸她的額頭，這次她沒能躲過。「摸起來有點燙耶。還

---

8. 原文章名"Feeling Bearish"。bearish 於股票交易中也有「看空」（不看好）之意。

有哪裡痛嗎？妳的肚子？會痛嗎？是不是得了流感啊？」

「沒有，我應該還好。」琳蒂試著吞了下口水，但喉嚨好像卡著東西似的。「只有喉嚨痛，而且整個人還是很累。」

對媽媽來說，琳蒂這樣就夠嚴重了。「再去睡，」她說。「我會打通電話去學校，還有古帕醫生。今天早上我公司有重要的會議要開，不過中午時我可以回家接妳去看病。不知道那場會議能不能取消……還是你可以待在家，格雷？」

「我約了客戶十點見面。」爸爸說。

「我可以待在家裡陪她！」崔西自告奮勇。

「想得美。」媽媽這麼回崔西，「妳趕快出門去學校，不然快遲到了。」

「遲到也沒關係，」崔西說，「只要能幫到我那生病又可憐妹妹就好。」

「妳人真好，」爸爸說，「有無私的精神。」

「我沒事。」琳蒂說，「不需要有人在家陪我。」

「妳，去學校。」薩克斯太太指著崔西。接著她撫摸著琳蒂的背，「妳換上睡衣再去睡一會兒，我會儘快趕回來。其他人……」她站起來，「都出去。」

真是倒過來的一天啊，琳蒂這麼想著時，邊打開擺放睡衣的抽屜，從中拉出一件法蘭絨褲子和 T 恤。**早上我穿上睡衣去睡覺，說不定今晚我會吃早餐然後去上學。**

光是站起來就讓琳蒂覺得舒服了一點，但她試著吞嚥口水

　　　　　　　　　　　　　THE SHORT SELLER

時，喉嚨好像黏在一起。

這時崔西敲了敲琳蒂的房門，把頭探進房間裡。「妳確定不跟媽媽說妳需要有人在家裡陪妳？我第三節法文課要報告，不去上也完全沒關係的喔。」

琳蒂懂崔西的意思，她自己也害怕在全班面前講話。和崔西在家裡玩一天應該會很開心。既然崔西的朋友都在學校、沒辦法上線聊天，她們姊妹倆也可以好好相處。可以看遊戲節目，吃扭扭糖，就像之前臥室重新裝潢時，她們只能睡地下室裡的沙發墊上的時候。那時好像開了一整個月的睡衣派對。

可是，那已經是四年前的事了，崔西那時才十歲，琳蒂八歲。而且今天琳蒂想睡覺的慾望勝過開派對。「我沒事。」她這麼說，「而且我不覺得媽會讓妳待在家。」

「也是。」崔西皺起眉頭。她從琳蒂房裡的鏡子瞥到自己，「今天頭髮吹得這麼漂亮，不出門也有點浪費。」抖抖自己的頭髮然後轉身離開了。

琳蒂才剛換好衣服，媽媽就出現在姊姊剛站的地方。她右手拿著電話，用左手遮住話筒。「古帕醫生今天沒看診，要看法佛瑞醫生嗎？」

琳蒂皺起眉頭，因為法佛瑞醫生的年紀大概是古帕醫生的兩倍，身上還散發一股奶油菠菜的味道，每回看診時總愛叫她「小姑娘」。

媽媽也皺了皺眉頭，「我想也是。」她小聲說，「那預約明

天的時間怎樣？」

　　琳蒂點點頭，聳聳肩。雖然才站起來幾分鐘，但她又想躺回床上去了。當琳蒂準備爬回棉被裡時，媽媽才一離開門口，就換爸爸就來了，「要請一天的假嗎？」。

　　琳蒂點點頭。這個時候她腦裡閃過斯蒂芙，因為斯蒂芙曾說自己會裝病，好讓爸媽把注意力從弟弟轉移到她身上。今天家裡每個人都來關心琳蒂，**感覺還不錯**，要是身體沒那麼不舒服就好了。

　　「我知道妳累了，」爸爸這麼說的同時，卻把房門關了起來，坐在琳蒂的床邊，摸著自己。然後，他的臉上出現靈機一動的表情。「我想到一個點子。」爸爸低聲說，眼睛還瞄了房門一下，「既然妳今天整天都會在家，可以幫我一個忙嗎？」

　　琳蒂揚起她的眉毛。她什麼都不太想做，但是爸爸問她的口氣，好像他突然想起自己應該邀她加入某個秘密社團一樣，使她好奇了起來。「幫什麼？」琳蒂這麼問。

　　「記得昨天我們說的股票嗎？」爸爸說。「如果我從公司打電話回家，告訴妳是哪一檔股票，妳可以登入股票交易網站幫我買嗎？」

　　「噢，」琳蒂說，「好啊。」

　　「太好了！」爸爸站起來，開心地起鼓掌來。「我去拿筆電來跟妳說怎麼做。」爸爸只離開了幾秒，回來時筆電已連上網站，還有一張便條紙，上面寫滿了字。琳蒂突然覺得，爸爸應

該不是如他說的是突然想到。

「這就是那個網站，」他說，「我會開著這個網站。不過，萬一妳連到別的地方，或連線逾時，股票交易網站的網址我寫在這張紙上。」

琳蒂點點頭。她數學或許不好，但很擅長使用電腦。之前她很少有機會能用到爸爸的筆電，大多時候只能用客廳裡的那台老桌機。這時她意識到，生病的另一個好處是——所有人都會把東西拿來給妳。她想到學校那些常常請病假，或因為其他原因缺席的同學，不知道他們是真的生病還是裝病。

「我的登入資訊在這裡：用戶名稱和密碼。我知道我不必強調這點，不過，要絕對保密，這比其他密碼更需要保密。」

「爸，我知道。」

「琳蒂，這就像銀行帳號一樣。我們在這裡面放了很多錢，不能讓別人知道密碼。」

在琳蒂保證不會拿登入資訊做登入以外的其他事情後，爸爸告訴她如何買進股票。「妳在這裡輸入股票代號，我會打電話告訴妳是哪家股票。然後在這裡輸入購買的張數。我也會跟妳說要買幾張。接著點選『下單』按鈕，在這裡，知道嗎？」

「知道了。」

「然後像這樣，登出。」

「瞭解。」她打了個呵欠。

「謝了，寶貝。」薩克斯先生吻了琳蒂的額頭，他臉上的鬍

子讓琳蒂覺得癢癢的。「我把筆電放在這裡，在妳桌上。」

這個時候，琳蒂的媽媽拿著一個裝滿東西的鞋盒回來，盒子裡頭有：熱敷墊、一條蘇打餅乾，裝著茶包的茶杯。「我拿了這些東西來給妳，」媽媽說，「我們沒有那種夢幻的床上早餐桌，只好放在這裡面。如果要泡茶，自己去一趟廚房，因為我不想把熱水放在鞋盒裡。」

爸爸拿來無線電話放進鞋盒裡，「以防萬一，」爸爸眨眼說道。

「想得很周到。」媽媽說，「我們會打電話回來，如果妳開始覺得不舒服就打給我們。還缺什麼妳需要的東西嗎？」

琳蒂心想，**我真正需要的是你們都離開，讓我繼續睡一覺。**但她回說：「應該都有了吧。我真的沒事。」

「如果她需要的不在這裡，」爸爸說，「我想她知道哪裡可以找得到。薩克斯小姐，妳在這裡住多久了？十年了嗎？」

「十二年了。」琳蒂淡淡地笑道。

「十二年？」爸爸裝出一臉驚訝的樣子，「我們一定是收太少房租了。」他伸出手臂環抱著太太，「讓她睡吧。」

在爸媽終於離開後，琳蒂伸伸懶腰，陷進床舖裡昏睡去了。

$ $ $

幾個小時後，琳蒂被爸爸告訴她股票資訊的電話聲給吵醒。

她爬出床舖，按照爸爸的示範打開股票交易網站，買進350股的BIHR。這個網站上塞滿了數字和各種顏色的符號，使得琳蒂開始慶幸起自己今天不用上數學課。或許她會一直病到星期五，這樣她就不用考試了。下完單後她去了一趟洗手間，努力吞了幾塊蘇打餅，然後再度倒回床上繼續睡。

在她下一次醒來時，是媽媽利用中午休息回家探望她的時候。琳蒂爬起床，喝了一杯茶，而媽媽正在吃午餐。在媽媽回去上班後，她躺在沙發上試著讓自己保持清醒，看了電視遊戲節目《一擲千金》（*Deal or No Deal*）、情境喜劇《我愛露西》（*I Love Lucy*）、以及兩集新的《天才老爹》（*The Cosby Show*），然後她又開始恍神，整個下午昏睡在沙發上。直到她聽到代表晚餐時間的鍋碗瓢盆聲。

「她活過來了！」琳蒂一走進廚房，崔西就喊道，「詛咒解除了！」

「已經五點四十五分了？」琳蒂說。

「是啊，而且有些人沒得睡，只能做家事。」崔西說道，「妳從幾點開始睡？」

「我想是《艾倫秀》（*Ellen*）開始播的時候吧。」

熟記電視節目表的崔西說，「下午三點？媽說妳睡了一個早上。妳是怎麼了？」

「我不知道。」琳蒂坦承道。「而且我還是覺得累，好像隨時可以繼續睡。」

「或許妳要開始冬眠了，妳可能是半熊半人。」崔西歪著頭一本正經地說，「妳的確看起來有點像熊。」

「不要再說了，我不像。」

「這又不是壞事。熊很可愛。我的意思是說，**妳**看起來不像是可愛的那種熊，可是熊也可以很可愛。」

「媽！」琳蒂的聲音在喊出「ㄚ」的時候還破音，她嗚咽著搓搓自己的喉嚨。

「崔西！」媽媽在洗衣間喊道，「不要煩妳妹妹，她身體不舒服。」

「意思是，等妳好了就可以騷擾妳了，」崔西斜嘴笑道。

琳蒂張大嘴伸出舌頭，威脅地說：「我要對妳吐氣。」

「那我就可以待在家裡睡覺看《艾倫秀》，換**妳**來清洗碗機，還要對我很溫柔……」崔西張開雙臂對著琳蒂說，「來吧。」

在她們什麼都還沒做時，門鈴就響了。「開門前先問對方是誰！」媽媽喊道。

崔西翻了個白眼。「好好好，」她對琳蒂說，「如果問了，殺人犯就會真的跟我說『我是殺人兇手！』」

儘管如此，她還是開口問：「是誰？」門後傳來的聲音好像被蒙住般低沉沉地，「是斯蒂芙。」

崔西走回廚房，換琳蒂前來開門。

「嘿！」斯蒂芙說，「妳今天去哪了？」

「我生病了，」琳蒂說，「睡了一整天。」

「真幸運。」斯蒂芙的肩膀在大衣底下垂了下來，雖然在大衣外看起來沒什麼動作。「我快來不及上鋼琴課了，如果我待超過五秒，我媽就會開始按喇叭。不過，我幫妳把功課帶來了。」她把一疊紙交給琳蒂。「我幫妳拿了數學、英文、社會課。其他的霍華德會拿來。」

果不其然，斯蒂芙的媽媽按了兩下喇叭，斯蒂芙的頭在斗篷下搖了搖：「就跟妳說吧。」她說，「妳明天會來學校嗎？」

「我不知道，我明早好像預約要去看醫生。」

「好吧，晚點打給我。我要跟妳說今天午餐的時候發生了什麼事。」斯蒂芙同時張開她的雙手，表示午餐時發生了**大事**。

「好。如果我沒打給妳，就代表我又睡著了，而且我的喉嚨真的很痛。」

這時斯蒂芙的媽媽把手壓在喇叭上，「拜，」斯蒂芙說。

「拜，」琳蒂說，「鋼琴課愉快。」

斯蒂芙揮揮戴著手套的手，跑下階梯，然後跳上車。

琳蒂將功課拿進房間裡，想在晚餐前先整理一下。一整章的社會課、一篇英文練習作業、四份數學練習題，這是她沒去上學時的課堂內容……現在她想起沒去學校的壞處了。不知道斯蒂芙要跟她說午餐時發生了什麼事，小豪可能也不知道。琳蒂不在的話，小豪應該不會跟斯蒂芙坐在同一桌吃午餐。即使同

桌，他可能也沒感覺到有什麼大事發生。

琳蒂的眼皮變得好重，但她逼自己張開雙眼。「拜託！」她大聲對自己說，「至少今晚要醒著。」她知道自己如果想達到這個目標，最好離社會課那一章遠一點。數學或許可以讓她保持清醒，雖然這會讓她充滿挫折，但現在她並不需要挫折感。那麼，就是**英文**了，她心想。

琳蒂迅速地完成作文的大綱，然後聽到車庫門被打開的聲音。她對爸爸回家之後的行程瞭若指掌，爸爸會先停好車，關上車庫門，走進家裡，先給媽媽一個吻當作招呼，洗個手，回房換上棉褲，敲敲崔西的房門，至於隔多久會來敲琳蒂的房門，取決於崔西跟爸爸聊了多久。琳蒂心想，在晚飯前還有七到八分鐘，這點時間剛好可以寫完作文的引言。

只是當琳蒂才剛寫完第一句，就聽到爸爸的招牌敲門聲。她看看時鐘，希望自己不是為了著墨一個句子就花六分鐘。顯然並不是，而是爸爸改變以往的路線。爸爸又敲了一次房門。「請進，」她說。

「嗨，小琳。」爸爸推開房門走進來後，把房門半掩著，「妳身體還好嗎？」

琳蒂聳聳肩，「呃，工作還好嗎？」

「很好。」倚靠在琳蒂衣櫃旁的薩克斯先生，用了手指敲著衣櫃，眼神環視房間。「噢，對了！」他好像突然想起什麼事，「妳今天早上有買到那支股票嗎？」

琳蒂點頭，「有，你打給我之後，我馬上就買了。」

「太好了。那我們來看看它今天表現得如何吧？」

「好啊，筆電在那邊的地板上。」

爸爸打開筆電，登入股票交易網站，等著網頁讀取時一邊吹著口哨。接著，他突然深吸一口氣，高舉雙手。「太棒了！」他歡呼著，「漲了40%！」

百分比也是琳蒂搞不懂的數學概念。「『漲』是好事，對嗎？」她說。

「對，漲是好事，而且漲40%**很棒**！不，是**超棒**！」

「可是，40%……」琳蒂一時間無法理解為何爸爸如此興奮，後來才恍然大悟。「50%是一半，是嗎？所以40%好像沒有那麼好。」

爸爸將筆電從大腿上移開，站了起來。「100的40%是多少？」他問道。

這好像太簡單了，琳蒂希望爸爸不是想耍她。在猶豫了一下後，她回答：「40？」

「沒錯，100的百分之多少就是數字本身。100的40%是40，100的11%是11。100的百分之琳蒂就是琳蒂。」

琳蒂翻了個白眼：「爸。」

「好，假設我們用100美元買進一股。現在漲了40%，那麼，是漲了多少元？」

「40元」，琳蒂重複道，「可是40比100**少**。」

「可是，是**漲了**40%。所以我們把40%——40美元**再加上**100美元，那就是⋯⋯」

琳蒂開始懂了，「140美元。」

「沒錯！就好像⋯⋯」他環顧琳蒂的房間，找個物品，「妳今天早上用100美元買了一個背包，現在背包的價格漲到140美元。妳就可以現在把背包賣掉，然後賺了40美元。」

「那麼股票一天漲40%很棒嗎？」

「很棒？簡直是棒呆了！而且我們不是只買一股或是一個背包。我們買了三百五十個背包。」

琳蒂睜大雙眼，「所以我們賣掉全部背包，而且**每個**背包都賺40美元？」

「沒錯，每個都可以賺40%。不會剛剛好是40美元，因為我們買的價錢不是100元。不過，我們還是可以賺到40%，而且那是因為妳抓對時機買進。如果我們到下午才想買原價100美元的背包，可能價錢已經漲到120美元，那就只能賺20元了。」

「我懂了！」琳蒂說，「如果今天我不在家，沒在早上買進，你得等到現在才能買，就會變成140美元了。所以我們買得很划算。」

「**非常划算**，小琳蒂。」爸爸抱著琳蒂的頭用力給她一吻，「謝謝妳！」

崔西在房門口清清喉嚨，「我知道你們父女正在談心，」她說，「可是從車庫門打開到現在，已經超過八分鐘，很久了耶，你連棉褲都還沒換好，爸，我們什麼時候才能吃飯？」

04

病毒來襲

　　儘管琳蒂用盡一切努力地想完成英文作文、打電話給斯蒂芙、泡很久很久的熱水澡，以及保持清醒。但在吃完晚餐不久，琳蒂還是睡著了。不管是斯蒂芙打電話到家裡來、小豪按了門鈴，還是爸爸溜進琳蒂的房間，把小豪帶來的作業放在她的桌上，琳蒂都沒醒來。儘管已經睡上十三個小時多，隔天早上媽媽來叫醒琳蒂時，她還是起不了床。

　　到了診所後，古帕醫生幾乎沒做太多深入的檢查，就判斷琳蒂可能是得了「傳染性單核球增多症」[9]。

　　「我就怕可能是這個病，」薩克斯太太說。

　　「妳就怕？」琳蒂說，「為什麼怕？mono 是什麼？」

　　「mono，」古帕醫師解釋著，「是一種病毒傳染疾病，症狀是喉嚨痛，而且會感到非常疲累。」

　　「跟我的症狀很像，」琳蒂說，「這很嚴重嗎？」

　　「不會太嚴重，」醫師說，「但需要一點時間才會痊癒。妳可能得在家休息好幾個星期了。」

---

9. mononucleosis，簡稱 mono；藉由唾液或飛沫傳染，病毒潛伏於鼻咽處。

「好幾個星期？」琳蒂說，「那學校呢？我星期一本來要上溜冰課的。」

「我想妳可能會沒體力溜冰，」古帕醫師說，「妳可能會有好一陣子累到沒辦法上學。妳現在就是這樣吧？」

「妳是說，我會有好幾個星期都**這麼**累？」

古帕醫師點點頭，「我會請護士抽點血來確定是 mono。同時，我們也會做鏈球菌篩檢。請耐心等報告出來。這段期間好好休息，媽媽不用擔心她睡太多，如果覺得哪裡痛的話可以吃一些止痛藥。琳蒂，記得，不要跟其他人共食或共飲。這種病毒的傳染力很強，尤其是透過唾液。過幾天我會再聯絡你們。」

「有治療的藥嗎？」媽媽問道。

古帕醫師搖搖頭，「如果她感染了鏈球菌，我可以開鏈球菌的藥給她。但 mono 是一種病毒，除了等待病毒消失外，沒有其他辦法。」

05

領悟

　　幾天後，古帕醫師打電話來告訴他們：琳蒂的確得了mono，以及鏈球菌性喉炎。他們對這個消息不意外。琳蒂每天有四分之三的時間都在睡覺。爸媽早上出門上班前會叫醒琳蒂，跟她說聲再見，接著她會醒著看幾個小時的書或電視節目。然後一路睡到晚餐時間左右，洗個澡，上網和斯蒂芙和小豪聊聊天，試著解決一些請假期間裡堆積如山的回家功課。

　　沒去上學或希伯來語學校，或因為睡著而錯過黃金時段的電視節目，這麼一日與一日地沒了間隔，生病的第一週只是一大塊令人昏昏欲睡的時間罷了。不過，隔了一週的星期二，距離琳蒂剛開始在家休養、幫爸爸買350股BIHR剛滿一週，琳蒂終於恢復了點精神，還在早上起床洗了個澡。一切就從此刻開始改變了。

　　早上洗了澡、恢復了點精神後，琳蒂沒有再穿回睡衣，而是換上棉褲與連帽運動衫。雖然身上穿的不是牛仔褲，卻也讓她覺得自己比過去一個星期更像一個真正的人。

　　琳蒂喝膩了茶，但又吞不下任何生冷的東西，於是把一杯水

放入微波爐裡，覺得就喝點白開水好了。她靠在廚房裡的檯面上，盯著杯子在微波爐裡轉啊轉。這個穩定且循環的動作，以及低沉的嗡嗡聲開始催眠她。在琳蒂雙眼快要閉上時，電話突然響起。她搓搓自己的臉，拿起咖啡桌上的無線電話「喂？」

「我吵醒妳了嗎？」爸爸問道。

「沒有，」琳蒂說，「今天覺得沒有那麼累了。」

「喔，太好了，妳慢慢恢復了。」

「希望如此。爸，有什麼事嗎？」

「我在想，妳可不可以幫我一個忙。不是非幫不可，但既然妳醒著，又在家裡……妳還記得那個股票交易網站嗎？還留著登入資訊嗎？」

「有啊，」琳蒂說道，很開心終於有事情可以做了。「我去拿筆電。」

「吉姆又推薦了一支好股票。我可能會買一些。妳登入了嗎？」

琳蒂坐在沙發上，把筆電放在大腿上，剛才熱好的水則放在咖啡桌，她把電話夾在耳朵和肩膀之間，一邊輸入股票交易網站的網址。她按照爸爸紙上的說明輸入登入資訊，按下Enter。「在跑了，等一下。」琳蒂放下電話，把頭髮紮成馬尾，然後再拿起電話。「好了。」

「好！首先，我需要妳用股票代號搜尋報價。」

「報價是什麼？」

「股票的報價，就是股票現在的價格。應該有個地方寫著『查詢』或『報價』或類似的東西。」

琳蒂喝了口熱水，在螢幕上尋找著。在網頁右上角，有一個方塊看起來很可能就是，「快速報價？」她問道。

「快速報價！沒錯。輸入 R-N-E-E。」

琳蒂輸入後，報價隨即出現在螢幕上。「上面寫著『RNEE，12.32』，旁邊有個小小的綠色三角形。」

「12.32，」爸爸重複這個數字，但說話的對象好像不是琳蒂，「這是你原本預期的價格嗎，吉姆？」

「要我幫忙買些嗎？」琳蒂問道，「爸？」

琳蒂聽到爸爸和吉姆在講話，於是她在瀏覽器上打開新分頁，登入自己的電子信箱。裡頭有封祖父母寄來的電子慰問卡、凱西轉寄的一則笑話，還有小豪在幾分鐘前才寄來的電子郵件。

✉ New Mail

琳蒂：

今天在圖書館上電腦課，我們要用網路來做研究報告，所以圖書館員開始教我們怎麼用滑鼠。

妳真的生病了？還是早就知道會發生這種事？

領悟

琳蒂笑了，這也讓她喉嚨痛了起來。即使圖書館的電腦課對琳蒂來說也是一點用處都沒有，更何況她還不是小豪那種電腦天才。琳蒂按下回覆，飛快地打著字。

✉ New Mail

小豪：

生病也要挑最糟的時候……這樣我永遠都不知道要「怎麼」使用滑鼠了！

你應該研究一下，為什麼圖書館老師覺得小孩子不知道怎麼用電腦！

　　「琳蒂？」爸爸的聲音從話筒那邊傳過來。

　　「我在。」她按了一下瀏覽器上的分頁，回到股票交易網站。

　　「所以RNEE目前的股價是12.30美元，我想要妳幫我買一些。」

　　「好。」

　　另一個聊天訊息在螢幕角落跳出來，這次是斯蒂芙。琳蒂用最快的速度回覆她。

AZgirlinNJ：

琳蒂！！！我在圖書館，沒妳好痛苦喔！！！

Lindyhop123：

嗨！對啊！我也受夠生病了……

AZgirlinNJ：

妳可以去上溜冰課了嗎？我好想做那個三圈什麼的（是叫什麼來著？）

Lindyhop123：

不知道欸，等一下喔，我在跟我爸講電話……

「妳記得怎麼買嗎？」琳蒂的父親問道，「說明應該在我給妳的那張紙上。」

「嗯……」琳蒂按了一下滑鼠，想把聊天室窗拉開，不過電腦還在跑，所以她又再按了一次。在她按下的那瞬間，電腦又活起來了，聊天視窗不見了，而她不小心按到股票交易網站「更新網頁」的按鈕。「糟了，」她說。

「怎麼了？」爸爸說。

「我不小心重新整理網頁，有些地方不一樣了。我搞砸

了。」

「『妳搞砸了』是什麼意思？什麼地方不一樣了？妳買了什麼嗎？」

琳蒂看著螢幕，呼吸變得沉重。仔細檢查過後，代號還是一樣，但數字不一樣了。就像數學課一樣，只是出神了一秒，她就發現白板上題目的數字完全不一樣了。股價從12.32美元變成11.89美元。琳蒂不知道是怎麼發生的，於是她再按下重新整理鍵，閉上雙眼，祈禱會變回原本的數字。在她張開雙眼，數字又變了，這次是11.60美元。

「琳蒂，上面寫什麼？」爸爸問道。

「還是『快速報價』跟『RNEE』，可是我按到了重新整理，數字從12.32變成11.89，後來我又按了一次，又變成11.60。」

「喔，跌到11.60美元了，」爸爸的口氣彷彿是在講氣象預報。

「真的很對不起，爸，我發誓我什麼都沒做，只是重新整理了網頁。」

爸爸笑了一下，「沒關係，」他說，「妳重新整理網頁之後，現在顯示的是最新股價。而價格改變了，只是這樣而已。從12.32美元跌到11.60美元。」

琳蒂還是不太相信自己沒做錯事。她記得爸爸說過，背包的價格可以在一天之內大幅上漲，但她以為那是以一天為單位，

而不是秒。「報價會變得**這麼**快？」

「對啊，再按一次，股價肯定又變了。」

琳蒂將游標移到重新整理鍵，手指在觸控板上方猶豫了一下才按下去。「11.75。」她說。

「好，股價開始漲回去了。很好，我們要買一些，希望可以**一路漲上去**。然後再賣掉，賺很多錢。好不好？」

琳蒂感覺到自己鬆了一口氣。「好，」她按照線上表單指示，以每股11.90美元的價格買進300股，在每個步驟前跟爸爸確認後才發送指令。

然後，在她下好單後重新整理頁面，RNEE 的價格已經漲到12.10美元。「爸，已經12.10美元了。如果我們現在賣掉剛剛買進的股票，我們就可以賺到錢了，對不對？」

「對，但錢不多。我們以11.90美元買進，現在股價12.10美元，所以每股可以賺20分。」

「可是我們買了300股。」琳蒂試著在腦中計算，但最後還是打開電腦裡的小算盤相乘。「所以我們可以賺6000分……也就是60美元。」她睜大雙眼。這筆金額可是要當三個下午的保姆，現在只是花十秒鐘就賺到了，而且只是點了幾個按鍵。

「我們可以賺60美元，」爸爸說道，「可是我們要放久一點……我們在做的是長線投資。過幾個月，或一、兩年，可能每股就會漲到100多美元……誰知道呢？」

「我們要放**這麼久**喔？」琳蒂問道。

「或許不會那麼久。如果這星期漲很多，或許我們會賣掉一部分，賺一點快錢。再看看吧，不過最安全的作法是持有一段時間，因為股價短時間內價格波動都很大，就像妳所看到的，但以長遠來看，股價通常會上漲。」

琳蒂雖然聽著爸爸講的話，但有點出神了。她再按了一次重新整理，RNEE 已經漲到12.20美元。她又按了一遍，這次跌到12.17美元。「可是，我們**可以**買進後再立刻賣出來賺錢，對吧，爸爸？」

「這是有可能的。」爸爸才剛說，「可是……嗨，蘇珊，有什麼事嗎？」

琳蒂的手指開始有些癢癢的，她覺得頸部以上充滿精神，好像大腦又活過來了。

「我要回去工作了，小琳。」爸爸說道，「晚點見。」

「拜。」琳蒂說道。在爸爸掛上電話後，她坐在電腦前盯著螢幕，半睡半醒的。她又再按下一次重新整理，RNEE 的股價上漲到12.31美元。她沒有注意到電話開始發出逼逼聲，也沒發現小豪與斯蒂芙的聊天視窗一閃一閃。她只盯著股票交易畫面，腦子不斷思考著，游標一直停留在重新整理鍵上。

06

第一次的公開提議[10]

　　隔天晚上本來是琳蒂第一堂溜冰課，她抱著一絲絲的期待、希望自己能去上課，但在吃晚餐時，爸媽什麼都沒說。當琳蒂吃完晚餐後，立刻回房換上花了一個下午挑選的溜冰服，然後拿著裝有新溜冰鞋的盒子走回廚房，白色溜冰鞋上的皮革還是平滑且堅硬的。

　　媽媽看到她，皺起眉頭。「琳蒂，妳身體還沒好，」她說，「我不可能讓妳去上溜冰課的。」

　　「可是我覺得自己狀況很好。」琳蒂撒謊了，「我做了二個小時的功課，反正我也不會八點前就睡覺。與其在這裡坐著，那還不如去溜冰。」

　　「妳得了 mono，小琳。」爸爸說道。

　　「還有鏈球性喉炎。妳的身體還沒完全康復。」

　　「可是，吃了鏈球菌的藥就不會把病傳染給別人啦，古帕醫師說的。」

　　「古帕醫師也說過，妳不能去溜冰。」

---

10. 原文章名"Initial Public Offering"，簡稱 IPO。也有企業首次公開發行股票的含意。

「不是，」琳蒂立刻說道，「古帕醫生說我可能會身體不舒服、沒辦法溜冰，但她沒有說我**不能**溜，這兩個是不一樣的。」

「她說得沒錯，」崔西經過廚房時說道。媽媽給了崔西一個警告的表情，崔西只好舉起雙手投降，坐到椅子上繼續看戲。

「拜託啦，媽，可以嗎？」琳蒂說道，「那不然，妳讓我去，如果我累了，我就停下來。妳可以全程陪我，我答應妳，如果覺得不舒服我們就離開。」

爸媽看著彼此，琳蒂覺得自己佔了點上風，「這堂課我期待好幾個月了，」她說，「斯蒂芙也要去，而且妳已經幫我買了溜冰鞋。拜託嘛？」

爸爸嘆口氣，對著媽媽點點頭。

琳蒂吸了一口氣，緊張得十指緊扣。

可是媽媽靠著廚房檯面。「親愛的，我很抱歉，妳不能去。因為我們已經取消註冊了。」

崔西張大嘴，靜靜地吐了一口氣後站了起來，默默走回自己的房間。

「什麼？」琳蒂說道，「什麼時候的事？為什麼？」

「星期六的時候，」媽媽說，「如果沒在第一堂課前四十八小時取消，我們就要支付全程的費用。親愛的，不管怎樣，妳今晚也去不成了。妳的傳染力還很強。我們會幫妳登記下一期、三月開始的課程。」

這時琳蒂哭了起來，她感覺到自己的喉嚨比起過去一週更不舒服。

「下屆冬奧還有四年，所以這兩個月不會害妳無法奪牌的，」爸爸說。

琳蒂的眼淚流下臉龐，滴在衣服上，她意識到，無論如何，自己的身體還沒有辦法上溜冰課。她很生氣，但氣的其實不是爸媽把溜冰課取消了——她知道學費非常昂貴，所以先前花了那麼多的功夫才能報名上課。認真說起來，她是氣自己的身體太累，累到**什麼事都不能做**。「我一整個星期都沒離開家裡，」她一邊啜泣一邊抽噎說道，「我身體不舒服，而且我好**無聊**。崔西可以去上學，去希伯來高中，可以去打排球、去朋友的家、去逛街。」她顫抖地吸了一口氣，「但我卻困在這裡，**什麼都不能做。不公平。**」

琳蒂放聲大哭又啜泣著、哭得滿臉濕答答又聲嘶力竭的。爸爸拿了條擦碗巾給她，琳蒂拿了就往臉上擦。

媽媽摸著她的背，「妳很快就會好了，今天就比上星期好啊。只要妳善用在家裡的時間就好。」她彈了一下手指。「崔西說她的朋友也得了 mono，她把在家養病的時間都用來打毛線。」

即使琳蒂滿臉淚水，但她的表情也清楚表明自己不想打毛線。

「好吧，我們再想想。」媽媽說道。

琳蒂吸吸鼻水，吞了口水，「我要去睡覺了。」

穿上睡衣，躲進被窩裡打開筆電登入聊天室，琳蒂上線和斯蒂芙說她得一個人去溜冰了。

⭐ **New Message**

AZgirlinNJ：

不！！！！妳要來啦！！！

Lindyhop123：

我也想去啊，可是我還沒好。

AZgirlinNJ：

妳不能直接出門嗎？妳生病已經生好久了，我都聽膩了…

Lindyhop123：

我想也是。好想趕快好起來…

AZgirlinNJ：

那妳下星期會來上課嗎？

Lindyhop123：

不會。我爸媽把整期的溜冰課都取消了…

AZgirlinNJ：

什麼？！！太爛了吧！

· · · · · · · · · · · · · · · · ·

Menu | | Back

THE SHORT SELLER

琳蒂發現和斯蒂芙聊天不會讓自己心情變好一些，在祝斯蒂芙玩得開心後，她關起電腦。琳蒂氣到難以入眠，但又累到無法讀書，於是她坐在床上，盯著棉被上的條紋，看著上面的顏色變得模糊，而且還分開來。

　　崔西敲敲門，猶豫地走進來，「溜冰課的事太慘了。」她說。

　　琳蒂吸吸鼻水，點了頭。

　　「不要打毛線喔，」崔西說，「妳是病了，不是老了。」

　　這句話逗得琳蒂咯咯地笑了，「妳朋友真的在打毛線嗎？」

　　「對啊！潔姬現在還是有在打毛線。她會織圍巾還有其他東西，其實還不錯。」

　　兩個女孩看著彼此，沉默地過了幾秒鐘。

　　「總之，這本我看完了。」崔西拿出一本《Seventeen》[11]，「妳要看嗎？」

　　看著雜誌封面，琳蒂心想，自己被困在家裡，雜誌封面上的「可愛的冬季穿搭」專題應該派不上用場，而她更沒興趣瞭解哪種眼影最適合自己那病厭厭的蒼白肌膚。不過，既然姊姊有情有義，她也必須給予肯定。「真的嗎？」

　　「對啊，妳拿去吧。如果妳看完了，我房間裡還有幾期舊

---

11. 美國知名少女流行雜誌。

的。要的時候再跟我說一聲。」崔西舉起一根手指對著琳蒂說，「**跟我說一聲就好**，妳不准進去。」

琳蒂微笑道：「謝謝。」

崔西也回以微笑，聳聳肩說，「晚安。」

「晚安。」

琳蒂試著吞嚥口水，但卻痛得皺眉。哭肯定對喉嚨沒好處，她翻閱著雜誌裡的廣告，並看到了心理測驗——「找到你的完美工作！」

你想如何度過週六的午後呢？
A. 窩在沙發上看書
B. 在森林裡健行
C. 證明畢氏定理
D. 到化妝品專櫃來個大改造
E. 到遊民收容所發放食物

琳蒂原本可以迅速又愉快的答"A"，但現在，在她可預見的未來裡，都要跟書本還有 mono 窩在沙發上，使得「在森林裡健行」這個選項格外吸引人。不過，做心理測驗時，還是要完全誠實地面對自己。雖然自己不像是崔西會選的答案——選項 E 旁邊有鉛筆圈起來的痕跡。最後琳蒂圈了 A。

敲門聲轉移了她的注意力。這一次是爸爸。「溜冰課的事情我很抱歉，琳蒂，但既然妳今晚在家，而且沒有在打毛線，想不想看看我們買的股票怎麼樣了？」

　　她合起雜誌，試著再吞嚥口水，這一次比較舒服了，「好啊。」

　　爸爸吻了她額頭一下，然後去拿筆電。當他拿著筆電回到琳蒂房間時，筆電已經登入網站，但還沒點選顯示股票部位。游標停在持股部位鈕，爸爸的手指放在觸控板上，「準備好了嗎？」

　　琳蒂咯咯地笑了起來，感覺到一股懸疑的氣氛。「還沒，」她假裝深吸一口氣，揉揉眼睛，扭扭指關節，「好了。」

　　爸爸也清清喉嚨，搔搔頭，拉拉自己的右耳。

　　「好了啦，爸，你準備好了嗎？」

　　「等等。」薩克斯先生拍拍肚子，拉拉鬍子，然後開始發聲練習，「喵嗚－喵－嗚－喵嗚」

　　琳蒂笑得更大聲了，「好了啦，爸，趕快按下去。」

　　「還有一件事，我差點忘了，但是在查股票時要做這件事。」他把雙手放在嘴巴旁大叫「呱－呱！呱－呱！」聲音大到連床邊櫃上的玻璃水杯裡的水都在抖動。

　　琳蒂狂笑道，「爸！」

　　「好啦！」爸爸冷靜說道，「我們來看看吧。」

　　網頁上全是股票代號與數字，但琳蒂只在乎她買的那兩支股

票。RNEE 是15.20美元——上漲27.7%，但 BIHR 比上回看時跌了一點，整體整幅仍有28%。

「讚，」爸爸小聲地說道，「太讚了。」

「股票漲**很多**吧，爸？」

薩克斯先生點頭，「的確漲了很多。這一欄是上漲幅度的百分比。這一欄顯示漲跌多少元。」

琳蒂湊近點看。她之前只注意到和爸爸討論過的兩件事：每股買進的成本，以及漲跌的百分比。甚至沒有注意到其他欄位，也就是漲跌多少元，雖然旁邊有美元的符號還有一切資訊。**數字**，她心想，**我對數學很不在行，總是把重要訊息漏了一半**。可是，解數學題目時她不懂，為何要用所用的數字，以至於漏掉大量資訊時自己也沒發現。但是在股票交易裡很清楚明瞭，也簡單多了。她不必思考300股 RNEE 怎麼會漲到15.20美元，而且變動了27.7%，她可以看到真正的金額數字。

「我們花了3,500美元買 RNEE？」她指著「買進成本」那一欄說道。

「對啊，現在價值超過4,500美元了。看到嗎？」

琳蒂順著同一排看到下一欄，這一欄顯示的數字，比學校上的數學課更簡單。「所以，我們的股票漲了990美元。」話一出口——琳蒂在腦中組成這個句子，聽到自己說出口——她突然意識到，實際上是這麼大筆的錢。我們**賺了快1,000美元**，她心想。如果她當一晚保母可以賺20美元，一個月做四天，課

後買餅乾不買杯子蛋糕能省50分錢，然後幫鄰居掃葉子……這些全部加起來，一個月大概可以賺100美元。只要她要工作**十個月**、不花一毛錢，才能存到1,000美元。那幾乎是不可能的事。不過現在，她在不到幾天內就賺了快1,000美元。琳蒂的腦袋轟隆作響。

「我們賺了990美元」，她重複說著。

「不完全正確，」爸爸說，「我們的股票是**漲了**這麼多沒錯。但如果沒有把股票賣出，就什麼錢都賺不到。所以我們賣多少錢就會賺多少，知道嗎？」

「知道。那現在就賣掉吧。」

爸爸笑了，「我們的目的是長期投資，小琳，記得嗎？我們要讓錢長大。」

如果現在賣掉，就能賺進將近1,000美元，為什麼還要等錢長大？琳蒂心想。那就和小豪一樣，有時他在買午餐時，也會買塊爸爸做的美味杯子蛋糕。琳蒂會一直盯著蛋糕在盤子上放了一整個午休。小豪在吃掉三明治、優格、喝了鮮奶，但卻完全不看那杯子蛋糕一眼，一直到他將其他東西都吃得一乾二淨。然後，在上課鈴聲響起的前兩分鐘，他會舔掉蛋糕上的糖霜，並在最後一分鐘，再像是克制自己般，一小口、一小口吃著蛋糕，在完全咀嚼後再咬下另一口。琳蒂不懂他怎麼能這麼有耐心，她每次都先吃掉甜點，而且是一兩口就狼吞虎嚥地吞掉了。看著小豪是這麼吃蛋糕的，她還得用盡所有意志力忍住

不把小豪的杯子蛋糕搶過來。

「看看這檔股票，」薩克斯先生指著琳蒂之前完全沒注意到的欄位。「這是我一個月前買的，看到了嗎，跌了2%。股票有漲有跌，但長期來說，會緩慢穩定地上漲。說不定六年之後，我可以賣掉它來付妳的大學學費。」

琳蒂的雙眼和嘴巴張得大大的。「**六年**？」再六年她就十八歲了。誰知道那時候世界**會是什麼樣子**？她可能開著一台飛行車，用心電感應告訴寵物機器人晚餐要煮起士通心粉。誰知道她六年後還能不能賣股票？「我們不應該等六年才把我買的股票賣出去。」她說，「我們應該現在就賣掉，然後賺進990美元。」

「果然是我的琳蒂小寶貝，」爸爸微笑說道，「總是這麼有耐心。」

「我是認真的，爸，這樣輕輕鬆鬆就能賺到錢了。」

爸爸的手透過鬍子搔搔下巴。「我跟妳說，」爸爸說，「這樣好了，我給妳100美元買賣股票。妳想買哪些股票就買哪些，想賣的時候就賣掉。」

「真的嗎？」琳蒂。「**100美元**？」這大概是小朋友能收到最大筆的零用錢了，即使是斯蒂芙也沒有那麼多，而且她家很有錢。

「100美元，妳得想想自己想買什麼、要買多少。妳要做點功課，才知道哪間公司值得押注。」

「所以我可以明天早上買進100美元的 RNEE，然後在下午賣掉，然後就變有錢了？」

爸爸聳聳肩，「如果這麼順利的話。或是妳可以分散在不同的股票，分散投資組合來保護自己，避免承擔太多風險。」

琳蒂略過爸爸說的最後一句話，因為她不懂那是什麼意思；不過她知道的是，爸爸說她可以把錢都花在同一檔股票，或很多檔股票都買一點點，「如果有賺錢，我可以用賺來的錢繼續買股票嗎？」

「可以，或是妳也可以留著。又或是等到股票漲到能夠付大學學費。不過，我們只會給妳100美元。要是虧掉了，妳就要開始打毛線了。」

琳蒂斜眼瞪著爸爸看，「你是開玩笑的，對吧？」

「打毛線的事是開玩笑沒錯。但錢的部份就不是囉。我還要再問一下媽媽，但我很肯定她會同意。」爸爸講話快了起來，露出興致勃勃的樣子，琳蒂看得出來爸爸對這個想法也很有興趣。「我會在股票交易網站上留100美元的特別基金給妳。妳覺得呢？想開始投資了嗎？」

雖然買賣股票比不上溜冰，但肯定會比閱讀崔西給的《Seventeen》雜誌上的冬季配件來得有趣得多。而且，這是在賺錢，以補貼自己生病無法當保姆或掃葉子賺的錢。更何況是爸媽提供100美元給她，還一副懇求她接受的樣子，這種事情發生機率有多高？

「我想買什麼就買什麼嗎？」

「想買什麼都可以。」

琳蒂微笑：「太酷了。」

爸爸合上筆電站了起來，「的確很酷！棒呆了，真的。妳的朋友一定會很羨慕妳有這個興趣。我建議妳可以開始做功課了。」

琳蒂打了一個又大又長的哈欠。

「不過，首先，我建議妳先睡一下。」爸爸輕輕地與琳蒂擊掌，「我跟媽媽說一聲，可以的話，就給妳個暗號。」

「什麼暗號？」琳蒂問道。

「看股票的暗號，妳知道的。」爸爸挺胸，把手放在嘴巴旁邊，然後用力大叫：「呱－呱！」

爸爸離開，琳蒂也笑完之後，她把心理測驗做完。她計算答案，並翻到第七十五頁找到自己夢想的職業。「商業大亨，」上頭寫道，「你有征服企業界的衝勁與智慧，將會變得富可敵國。」

富可敵國的商業大亨，琳蒂在睡著前想著這件事。**或許吧。**

07

第一個標的物

　　隔天下午，崔西打完排球後直接回家，衝進房裡坐在琳蒂的床邊，「我聽說爸媽要給妳100美元，這是怎麼回事？」

　　琳蒂睡眼惺忪地張開眼：「嗯？」

　　「我聽到媽跟爸說他可以給妳100美元。」

　　琳蒂慢慢從棉被裡爬出來，「對啊，買股票。」

　　「買**襪子**[12]？」崔西說道，「誰需要那麼多襪子？」

　　「是股票，」琳蒂翻了個白眼，精神變得清醒多了。「股市裡的股票，透過網路買賣。」

　　崔西歪著頭：「喔。」

　　「怎麼了？妳聽到他們說要給我嗎？」

　　「對啊，媽說可以。噢，對了，爸在妳門上留了奇怪的訊息。我覺得他瘋了。」她走到門口，拿回一張便利貼，上面寫著「呱－呱！呱呱！」

　　琳蒂笑了，搖搖頭。這就是暗號啊，好吧。

　　「妳知道是什麼意思？」

---

12. 崔西把"stocks"（股票）聽成"socks"（襪子）。

「代表我拿到錢了。」

「爸媽應該也要給我100美元。」崔西說。

「要幹嘛？**我**需要一個在床上也能做的嗜好。」

「我也需要有特殊離子的新型吹風機，可以把頭髮吹直又不毛躁。」

「妳需要100美元的吹風機？」琳蒂問道。

「是75美元。而且沒錯，蕾安有用過，真的有效。她媽媽的髮廊拿到樣品機，一般店家還沒進，但很快就會有了，而且說不定很快就會賣到缺貨。」

「那幹嘛不用自己的錢買，妳有那麼多錢。」

這點是真的，崔西從二年級[13]就開始存錢，除了衣櫥裡的幾件毛衣，她花錢花得十分小心。

「是啊，但**我**真的不想花75元買一支吹風機。不過，如果爸媽到處發錢，那又是另一回事了。」她嘆口氣，「好了，我要走了，有些人還是要做功課和去希伯來高中，不能只坐著思考要怎麼花100美元。」

「我也有功課要做啊，」琳蒂指著桌上的一疊功課，「雖然我累到離開不了床，覺得喉嚨就要鎖起來了……」

「對…對…妳病了，得了mono，就快死了，我知道。」崔西說了再見，「晚點見，妹妹。」

---

13. 美國教育裡的二年級，相當於臺灣國小一年級。

琳蒂又打個哈欠並躺回枕頭上。可是今天她不打算再睡了，因為她可以買股票了！想買哪檔就買哪檔，然後看看會怎樣。為了抓對賣出時機，她可以每三秒鐘更新網頁一次。

　　不過，首先，她必須找到要買哪檔股票。**好的股票**，琳蒂心想，**會快速上漲的股票**。爸爸說過，投資的良機就是股價剛開始上漲、而且會大漲的時候。或是那家公司要推出轟動市場的新產品與服務。關鍵是在大家開始買進**之前**先出手。

　　琳蒂用力坐起來，大喊：「崔西！」

　　幾秒後，崔西出現在琳蒂房門口，「怎麼了？」

　　「那個吹風機，妳說它還沒上市。可是如果上市了，妳覺得大家都會想買嗎？」

　　「當然啊，」崔西這麼說，「蕾安的媽媽要送髮廊的員工一人一支。那對頭髮很好。」

　　「那是誰做的？」琳蒂問道，「哪家公司？」

　　「夢幻吹風機，」崔西彷彿真的在做夢一樣。「夢幻吹風機130-Z，」她看著琳蒂，「我一定要買一台。」

　　琳蒂搓搓手，請崔西把筆電拿來。她找到第一個標的了。

配對交易

　　要找到夢幻吹風機的股票代號很簡單。首先她用 Google 搜尋「尋找股票代號」，找到一個可以提供所有公司股票代號的網站。琳蒂輸入夢幻吹風機，股票代號就出現了——DDRY。就像爸爸所說的，一切都棒極了！她進入股票交易網站，登入。搜尋 DDRY 的股價。電腦跑得很慢，所以琳蒂在等的時候傳訊息給小豪。

⭐ New Message

Lindyhop123：

如果你有1,000美元，你會拿來幹嘛？

Whowhatwhenwherewhy：

豐年蝦

Lindyhop123：

XDDD！！什麼啦？

Whowhatwhenwherewhy：

喔喔，傳錯人了。

Whowhatwhenwherewhy：

嗨，琳蒂。

Whowhatwhenwherewhy：

1,000美元…嗯…

Lindyhop123：

你在和誰聊豐年蝦的事情？

Whowhatwhenwherewhy：

斯蒂芙

. . . .

| Menu |　　　　　　　　　　　　　　　　| Back |

　　琳蒂看著螢幕。斯蒂芙？或許，**或許**斯蒂芙和小豪會在線上聊天，但對話應該會很簡短也很快就結束了，像是「今天自然科學的作業是哪章？」或是「妳知道琳蒂最近過得怎樣嗎？」可是，怎麼會是豐年蝦？好像是真的聊起來了，像是朋友之間的對話。沒有人會拿豐年蝦當開場白，一定是聊了一陣子才會聊到這個話題。斯蒂芙和小豪已經聊了一陣子了嗎？他們在聊天？

Lindyhop123：

你會跟斯蒂芙聊天？

Whowhatwhenwherewhy：

對啊，她其實還蠻酷的。

Lindyhop123：

我知道啊。我一直跟你強調這一點。那你是怎麼發現的？

Whowhatwhenwherewhy：

不知道。妳不在，我得找其他人講話。

．．．．．．．．．．．．．．．．．．

Menu |　　　　　　　　　　　　　　　　　　| Back

所以斯蒂芙和小豪變成朋友了。

這應該是好事，但感覺又不是。如果他們要聊天，琳蒂希望是三個人一起聊，而不是因為她被取代了。

她很快地搖搖頭，重新整理自己的思緒。現在不是思考這個的時候，而是投資夢幻吹風機公司，變成百萬富翁的時候。

她點回股票網頁，心裡閃過想用賺到的錢買的東西：自己的溜冰場、個人教練、有滑水道的游泳池、甜蜜逃亡甜點店終身吃到飽會員卡。當然，還有更多股票。以及一支夢幻吹風機130-Z送給崔西，感謝她一開始報的明牌。

只是當琳蒂一看到網頁，這個美夢就蒸發了。DDRY 一股要42.30美元。這就像是數學課的應用題。她想買杯子蛋糕，每個杯子蛋糕要賣42.30美元一樣。她用100美元可以買幾個？她點開電腦裡的計算機，相除了一下。當答案出現時，她感覺剛才的美好計畫已經沉入海底。

就算她花掉全部的預算、100美元，也只能買2股。2股並不多。

好吧，她盤算道，**如果股價在一小時內上漲到50元，然後我持有2股，我可以賺。**她將畫面切回計算機，**每股7.70美元，所以總共賺15.40元。**並不多，但也是不無小補。

琳蒂沒再理會與小豪的聊天視窗，甚至是斯蒂芙的新訊息也沒有讀取。她專注在股票交易網站，按下重新整理鍵。DDRY的報價從42.30美元漲到42.34美元。她等了十秒再點一次。現在變成42.29美元。「我想一小時內不會漲到50美元」她出聲說道。

接著琳蒂打開斯蒂芙的聊天視窗，但她還沒讀對方的訊息就先輸入：

Lindyhop123：

我需要買非常便宜的股票。

AZgirlinNJ：

什麼？

Lindyhop123：

股票，我要買股票，可是我需要很便宜的，有沒有什麼想法？

AZgirlinNJ：

不知道耶，不過我要跟妳說…

AZgirlinNJ：

今天樂團練習時，凱西坐在第一排，因為她忘記戴眼鏡，可是又要能看到基利老師。

AZgirlinNJ：

然後塔瑪拉就暴！怒！了！開始說她才是單簧管首席，凱西沒有資格坐在那裡。

AZgirlinNJ：

基利老師不知道怎麼辦才好，只好叫凱西坐回去，但他明明知道凱西會看不到。

Lindyhop123：

天啊，塔瑪拉就是這樣。又不是演奏會，只是上課而已。

AZgirlinNJ：

沒錯！！還不只這樣呢！！

Lindyhop123：

等等，凱西什麼時候開始戴眼鏡了？

AZgirlinNJ：

喔對了！忘記妳上星期沒來。她才剛開始戴沒多久，戴大還嘲笑她，結果被送去校長室。

. . . .

Menu | | Back

    琳蒂打了個哈欠。她讀著斯蒂芙的訊息，說著原本是凱西好朋友的艾咪，午餐時和塔瑪拉坐在一起，可是她很難專心。上星期她還很熱衷於這些樂團的八卦，可是現在她被困在家裡，八卦對她來說沒有什麼意義了。等到她可以回到學校去時，這些愛恨情仇早就被遺忘了，或是被更新鮮的消息給取代了。不管她多努力跟上，最後還是只有無奈的落後進度，就像凱西戴眼鏡這件事一樣。

    她回到網頁瀏覽器，尋找「便宜的股票」，然後得到一千一百萬筆搜尋結果。她搜尋「如何挑選股票」，得到一千四百萬筆搜尋結果。

⭐ **New Message**

AZgirlinNJ：

結果蕊妮還在那邊說，「好啊，可是我還是要交換櫃
子。」

AZgirlinNJ：

妳相信嗎？？？她根本瘋了！！！

. . . .

| Menu | | Back |

交換櫃子不能讓妳躺在床上就賺錢，但交易股票可以。

⭐ **New Message**

Lindyhop123：

她想都別想。好了，我要下線了～

Lindyhop123：

掰

. . . .

| Menu | | Back |

她關掉聊天軟體，把瀏覽器放到最大，然後開始讀了起來。

THE SHORT SELLER

09

當日交易

　　第二天早上，琳蒂都在買賣股票。她找到一檔股價只有1.16美元的股票，然後買了10股。股價在三十分鐘後漲到1.25美元，她立即就賣掉了。雖然不是什麼大錢，但感覺很棒。

　　琳蒂越來越有信心了，她買了25股股價2.03美元的股票，但接下來的二十分鐘，每更新畫面，股價都在下跌，所以當股價短暫地由1.85美元漲至1.89美元時，她就把所有股票賣掉，雖然這麼做會讓她虧錢。

　　吃完午餐，做了半小時的英文作業後，琳蒂找到一檔叫FGY 的股票，整個早上股價穩定上漲，目前股價每股3.15美元。她花了五分鐘努力說服自己，然後深呼吸，食指和中指在觸控板上交叉，下單買了19股——價值幾乎達60美元。琳蒂試圖保持清醒來觀察這支股票，但她的病情正頑強地抵抗著，並拉下她的眼皮，讓床的引力變大了。

　　聽到車庫門打開的聲音時，琳蒂突然驚醒。FGY！她心想。她伸手拿筆電，但筆電不在床邊桌上。FGY！她又想到。

　　「崔西！」她大喊時，透過牆聽到崔西講電話的聲音。

「我們應該去妳家**做**，」崔西說，「我妹妹得了 mono。」

「崔西！」琳蒂又喊了一次。

「對啊，沒錯，她才十二歲。」崔西對著電話說道。

「我知道病名是那個，可是因為會透過唾液傳染，一起喝飲料可能中標。」

琳蒂一邊聽一邊找可以丟到牆上、吸引姊姊注意力的東西。

「別說了，」崔西說，「如果她的初吻比我還早，我不如死了算了。」

琳蒂停下動作，特別記住崔西說的那句話，然後微笑。再把枕頭往牆上一丟。

爸爸打開房間的門，正好看到枕頭摔在牆上，掉進一堆髒衣服裡。他挑起眉毛。

「對不起，」琳蒂說，「可是崔西拿走筆電了，可以幫我拿過來嗎？」

薩克斯先生依舊挑著眉毛，「崔西不是有自己的筆電嗎？」

「有啊，可是筆電不在這裡，崔西每次都拿人家的東西。」

「等一下，」崔西對著話筒說，她把話筒放在床上，走到琳蒂的房門口。

「首先，我聽得到妳說話，妳知道的。第二，妳是得 mono，不是斷了兩條腿。妳可以走下床自己拿東西。而且第三，沒錯，我有自己的筆電，所以不要怪到我頭上。」

「那是誰拿走的？」琳蒂對著正想退出房間的爸爸問道。

　　　　　　　　　　THE SHORT SELLER

「我拿的。」媽媽出現在房門口，雙手拿著筆電。「嚴格說起來，這筆電**是我的**。」

「嗯，」薩克斯先生說，「嚴格說起來，是我們倆的。」

琳蒂覺得自己的臉紅了。「媽，對不起，請問我可以用嗎？我要查一點東西。」

薩克斯太太把筆電交給琳蒂，謹慎地點點頭。「我要去熱冷凍披薩，晚餐十五分鐘後就好了。」

這時崔西清清喉嚨。

「崔西，對不起，錯怪妳了。」

「不原諒妳，」崔西準備走回自己的房間。

「噢，崔西？」琳蒂裝傻地說道，「妳在妳房間聽得到我的聲音，我也聽得到妳的。妳知道，我聽到妳說我得 mono、被傳染的原因……所有聊天內容我都聽到了。」琳蒂努力不笑出來，她打開筆電，點開瀏覽器。

崔西花了一點時間才聽懂琳蒂說的，臉一紅回自己房間去了。

薩克斯先生輕鬆地走進琳蒂的房間，坐在床邊。「小琳，妳要看什麼？收盤鐘已經敲過了。」

「那是什麼意思？」

「意思是，今天沒辦法再買賣了，市場收盤了。」

琳蒂睜大雙眼。「收盤了？什麼時候收盤的？」萬一 FGY 漲了、或跌了？她什麼都不能做，因為**收盤**了？

「下午四點。」

「下午四點！」琳蒂說，「賣場都開到晚上十點，可是股市下午四點收盤了？」

薩克斯先生笑道：「週末也休息喔。明天早上九點半就會開了。」

「股價還會跟收盤時一樣嗎？」

「大多數的時候是。有時候早上一開盤時會大漲或下跌，但通常會在一小時內穩定下來。還有盤後交易[14]，但影響應該大。」

「盤後交易？」琳蒂問，「我要如何交易？」

薩克斯先生又笑了，「妳不用交易。妳買了什麼

琳蒂沒有說話，登入網站，等待她的持股部位資料出現。她祈禱自己沒在睡覺時把60美元都賠光了。**我不需要賺很多錢**，她心想，**可是，拜託，拜託不要大跌。**

畫面讀出來了，琳蒂盯著筆電螢幕看，FGY 在上面，旁邊有個小小的綠色三角形。鬆了一口氣的情緒從心臟傳到指尖。她的眼睛沿線尋找漲幅。股價是4.09美元，漲了94分！幾乎是漲了1美元。30％！她買進時的59.85美元，漲到77.71元！

「嘿，」爸爸在她背後看，「妳買 FGY 賺了17元！」

琳蒂笑得開懷，「對啊。」

---

14. After-hour trading；股市正常交易時間結束後的交易活動。

爸爸拍拍琳蒂的背便離開房間，去完成晚餐前的例行公事。琳蒂則微笑看著自己的投資組合。**還好我睡著了**，她心想，**不然我可能會在漲了50分、或甚至10分時就賣出了！**如果她是買了100美元，而不是只有60美元就好了。那樣的話，她就可以賺30美元，而不是現在的17美元。如果買3,000美元——也就是第一次爸爸要她幫忙買股票時所花費的金額，那她就可以賺進900美元了。**可是，我沒有3,000美元**，她如此提醒自己。**我有100元**。她看到今天的交易成果，嘴角漾起了微笑。**現在她有115.26美元了**。

10

上揚、下挫

　　琳蒂在三天內就把115美元賺成144美元。她的奶奶還寄了三本書給她：《給青少年的投資指南》（*Investing for Teens*）、《股市入門》（*The Stock Market: An Introduction*）、《傻瓜也能懂的股票投資書》（*Buying Stock for Dummies*）。包裹裡還有張紙條，奶奶在上面說她覺得最後一本是市面上最有用的股票投資書，而且書名並沒有污辱的意思。琳蒂翻閱了一下後，也認為奶奶說得沒錯。《傻瓜也能懂的股票投資書》的確是其中最好的。

　　琳蒂星期二整個下午都在讀這本書，過程中只睡著一次，而且只睡了兩個小時。崔西看到她在讀這本書，說道：「我想我們都知道奶奶覺得妳是**什麼**了」，但琳蒂不想理她，繼續讀書中分散投資[15]的內容。

　　隔天早上，情況一度不太樂觀，才早上十一點，她的投資組合就跌了12%。不過，她對 TTKP 設下停損處置，而且又多買

---

15. diversification；將資金分散的投入不同的市場、產業等等，好避開投資風險，並追求投資收益最大化。

了一些FGY，然後在中午十二點三十分醒來吃午餐時，報酬率已經回正了。

到了那個星期的最後，琳蒂已經覺得自己沒那麼疲憊，每天只需要短短地睡個午覺就好了。現在只要在星期二去看過醫生，好確定她是否可以回學校上課。

這個好消息使她既高興又緊張。可以回到過去的生活，和朋友在一起，這使她感到很興奮，而且現在斯蒂芙和小豪又處得來了。可是，上學後她可以買賣股票的時間會變少，現在是她手氣正好的時刻。在爸爸下班回家時，琳蒂跟爸爸提到，如果能有支智慧型手機，白天也可以維持她的嗜好。爸爸似乎真的在考慮這件事，一直到媽媽介入。

「我先問清楚」媽媽說，「即使我們一而再、再而三的跟妳說：十三歲之前不能有手機。妳還是想要我們給妳買支智慧型手機，好讓妳在學校買股票而不聽課？」

琳蒂的肩膀一垂，「拜託，」她說，「我不會在**上課的時候**用。」

崔西走出自己的房間，「她上課的時候不會怎樣？」

「用智慧型手機買股票，」爸爸說道。

崔西張大了嘴，「不公平！我也是到十三歲才有這支很爛的恐龍手機。如果琳蒂可以有智慧型手機，那我也要。」

「誰都不准有智慧型手機，」爸爸斬釘截鐵地說，「連**我**都沒有智慧型手機了。」

「還有，崔西，」媽媽補充，「如果妳覺得自己的手機很爛，我很樂意收回它。沒有人規定妳一定要有。」

「算了，」崔西咕噥道。

晚餐時，琳蒂的爸媽有更多壞消息要告訴她。

「我今天打電話去學校了，妳的數學老師覺得，妳回學校之後要跟上進度，應該會跟得很辛苦。」媽媽說。

哼，琳蒂心想。她忙著買賣股票，還有閱讀與股票相關的資料，連英文作業的進度都快追不上了，更別說是數學了。看來她錯過太多數學課，可能需要重讀一年。琳蒂想像自己高中開學，但還得搭公車回國中學校上數學的樣子，光是用想的就讓她打了個哆嗦發抖。「那是因為學校教的數學沒有意義，」她一邊說一邊切雞胸肉。「況且，我在讀奶奶給我的那些書，還買賣股票。那就是數學啊，而且實用多了。」

爸爸歪著頭、若有所思地咬著嘴裡的東西。可是媽媽看著他們的眼神，好像覺得他們都瘋了。這未免也太多藉口了吧。

「雖然是**數學**，」薩克斯太太說，「但不是妳應該在學校裡學的。這種數學也不是年底考試時會考到的。」

「除非妳要考 S7」，爸爸說。

「那是什麼？」琳蒂問道。

「證券經紀人資格認定考試。」

「成為證券經紀人必須考試？」崔西說，「你是說真正的人

生開始後，還要考試喔？」

　　薩克斯太太清清喉嚨。「回到正題，我跟校長聊過了，她和所有老師確認過。她說妳大多數的科目進度都還跟得不錯，但唯獨數學會有問題。既然妳錯過那麼多堂課，學校那邊覺得妳可以先從進階班轉回普通班。」

　　琳蒂手上的銀製餐具掉了下來。她不是一直想要爸媽承認別為她的數學抱持希望嗎？那麼，為什麼現在他們真的承認了，她卻感覺非常差？或許是因為，這也意味斯蒂芙和小豪能一起上數學課，唯獨她不行，而且在家裡待了那麼久，已經夠和**他們倆**脫節了。琳蒂拾起叉子，開始把盤子上的米飯推來推去。「我跟妳說過，我沒有數學細胞。」她說。

　　「妳不是沒有數學細胞，」媽媽說，「妳只是錯過太多堂課了。校長也建議找個家教幫妳補進度。」

　　這回，琳蒂放下了手上的叉子。這比轉到普通班更糟，「家教？不要。千萬不要是大衛‧萊特。」大衛‧萊特是七年級榮譽學會會長，而且他總是把當普通班學生的家教是「多值得」掛在嘴邊。

　　「大衛‧萊特？」薩克斯太太說。「我記得他的名字不是這個……」

　　「是不是個子很矮，金頭髮，聲音尖尖的？」

　　崔西笑了，「那一定是湯姆‧萊特的弟弟！他就是這個樣子啊。」

「不是，我們是找專業家教，」薩克斯太太說，「他在另一所中學教數學。我找找他的名字。」媽媽走到電話旁的一疊便條紙中翻找。

「我要去另一所學校嗎？」琳蒂問道。

「不是，」爸爸說，「他會來家裡。每天先上一小時，在妳跟上進度後，可能改成每個星期上兩到三次課。」

薩克斯太太攤開幾張摺起來的紙條，然後拿起其中一張。「就是他，馬格利斯先生，七年級數學老師。週日晚上七點。」

「星期日晚上？」琳蒂說道，「他要來家裡？可是，我的病可能還沒好耶。」

「不要跟他交換口水，」崔西說，還聳了好幾次眉毛。

「我知道**妳**不會的，」琳蒂斜嘴笑道，這下換崔西笑不出來了。

理財顧問

　　馬格利斯先生不高，但身材結實。他的頭髮剃得極短，但眉毛又黑又濃，當他講話時，眉毛就在額頭上跳上跳下，像是很興奮的黑色毛毛蟲。雖然他們才剛認識，琳蒂馬上就發現馬格利斯先生的眉毛會洩漏他的心情，也讓她知道自己表現如何。當她答對了，他的眉毛會拱起，快樂地伸展開來。如果她做題目時做錯了，他的眉毛會捲向中間，那道眉毛好像在討論怎樣才能解釋得更清楚。當他們講到即使琳蒂在普通班也不會想上的圖形時，他的眉頭更是一直深鎖著。

　　馬格利斯先生看看手錶，「今天晚上就上到這裡吧，」他說，「明天開始上圖形。」

　　琳蒂用雙掌壓住眼睛，「我現在就可以告訴你，我一定會學不好。我就是搞不懂圖形的重點。」

　　馬格利斯先生揚起一邊眉毛，「圖形有很多種用途。比其他數學有用很多。」

　　「比如說？」琳蒂說。

　　「舉例來說，圖形是微積分的基礎。」他一邊說，一邊把自己的書疊起來，然後打開背包。

喔，是喔，琳蒂心想，**好實用喔。**

馬格利斯先生再接再厲地說：「圖形可以顯示不同時間的變化，所以可以用來預測未來。我在華爾街工作時一天到晚都會用到。」

琳蒂從指縫間看出去，「你以前是股票交易員？」

馬格利斯先生拉起背包拉鍊，穿上外套。「對啊，上輩子的事了。」

「你做什麼樣的交易？」琳蒂把手放下，坐直了身體。

「大多數是股票。但我一開始是做基金，離開前嘗試了一下期貨。」

「你為什麼要離開？」

「這個嘛……有陣子市場氣氛很熱，」他說，「刺激、錢又多。可是工作也很多，做到累得半死。差不多四十歲的時候，我覺得有比替自己和大公司賺錢更重要的事情。」

「例如教數學嗎？」

馬格利斯先生笑了，「沒錯，就是教數學。而且，我跟妳說，教數學比交易股票難多了。」

「真的嗎？」琳蒂問道，「可是，股票市場變動這麼快，你無法預料會發生什麼事。」

馬格利斯先生的眉毛似乎微笑了，「股票市場哪裡比得上中學生。」

琳蒂也笑了。

「好吧，我要走了。」馬格利斯先生伸出拳頭，要跟她拳頭碰拳頭。「很高興認識妳，琳蒂。好好休息。說不定妳很快就可以回學校上課了。」

　　「你以前真的是股票交易員？」

　　「十七年的經驗，」馬格利斯先生這麼說時，他的眉毛證實了這一點。

　　琳蒂回應了他的拳頭，「明天見。」

12

健康回歸[16]

　　馬格利斯先生說對了一件事：股票交易中到處是「圖形」。在《傻瓜也能懂的股票投資書》中有一整段，應該說整整五個章節，都在解釋不同的圖表與線圖。馬格利斯先生離開後，琳蒂開始在股票交易網站上四處摸索，她找到線圖的網頁，每張圖上都有令人頭昏眼花的彩色線條往四面八方蔓延，就像是琳蒂在幼稚園用手指畫的圖畫一樣。如果這些圖真如馬格利斯先生所說，能夠預測未來、告訴她未來股價走勢，那麼琳蒂想知道那是怎麼辦到的。這比任何雜誌的心理測驗還要有趣多了。

　　星期一晚上，馬格利斯先生在餐桌旁坐下時，琳蒂把比較複雜的線圖印好放在桌上。「你可以幫我解釋這張圖嗎？」她問道。同時觀察起馬格利斯先生在看圖時的眉毛變化。

　　「這是誰的投資組合？」他慢慢問道。

　　「我的，」琳蒂說，「我生病的時候拿到100美元做的線上交易。」

　　「所以妳印這張圖？」

---

16. 原文章名 "Healthy Return"，也可解釋為「穩健獲利」。

「從股票交易網站上印的。」

「妳想知道怎麼解讀這張圖？」

「沒錯，我想知道這些線有什麼意義，怎樣預測未來，就像你說的。」

「那麼，」馬格利斯先生搓搓手，「我們從頭開始講吧。」

　　琳蒂仔細聽馬格利斯先生解釋 **x 軸**與 **y 軸**，以及它們如何互相影響。同樣的內容，如果是數學課可能會讓她放空，但解釋在股票上就有了意義。而且馬格利斯先生跟琳蒂一樣興奮。他一談到股票，眉毛就狂野地舞動起來。儘管他宣稱自己愛的是教國中數學，但琳蒂覺得他懷念過去的生活。

　　「妳最近才買這些股票，」馬格利斯先生在這個小時快結束前說道，「可是，這些股票已經存在有很長一段時間了。妳可以將所有的歷史股價都拉出來、畫成一張圖，然後就可以觀察股價是持續上漲或持續下滑。」

　　不管是股票還是mono，想到這些圖形就讓琳蒂覺得疲憊，「那得花很多時間。」

　　「用手畫很花時間，幸好有電腦軟體可以幫妳畫。妳用的股票交易網站上或許就有圖表軟體。」

　　琳蒂嘆了口氣心想，如果電腦軟體就能做到，幹嘛還學這些數學呢？

　　星期二整個早上，琳蒂都在看股票書中的圖表解釋，然後在

網站上看自己所有持股的圖表。馬格利斯先生說得沒錯，網站上有歷史資料，只要懂得查詢就好。她越瞭解如何讀懂圖表，越知道圖表有多實用。有好多種圖表可以學習——線圖、柱狀圖、K線圖——她花了一整天研究，入迷到完全沒有睡著。

奇怪的是，一直到下午兩點之後她才開始買賣。在關掉幾十個圖表的視窗後才看到帳戶頁面。

「哇！」琳蒂睜大雙眼說道。她的投資組合現在價值188美元了。從開盤以來漲了40美元，而且她還沒進行任何一筆交易。「我在一個星期內，」她小小聲說，「就賺了快一倍的錢耶。」

這也讓她對可能快回學校上課這件事釋懷多了。即使開盤時的大部分時間她都在上課，還是有可能賺很多錢的。

琳蒂謹慎的那一面——讓她沒有在午餐時將小豪的杯子蛋糕吃掉的那一面告訴她——或許，該在這個時候收手，以免虧掉所有錢。直接套現吧！拿了現金後不要再回頭。

可是，她怎能不回頭呢？她才剛發現預測股價表現的關鍵。如果她之前就很會買股票，現在一定**更厲害**。套現？才不呢，她需要的是投資更多，賺更多！如果她一週就可以把100美元變成188美元。再給她一個禮拜她就能把188美元變成400美元，然後再翻倍⋯⋯再翻倍⋯⋯。

琳蒂的美夢被屋外的汽車喇叭聲打斷，視線從投資組合移到時鐘：下午二點十五分。她跟醫生約二點三十，肯定是提早下

班來接她的媽媽按的喇叭。琳蒂抓了自己的大衣就往外跑。

「壞消息是，」古帕醫生對琳蒂做完檢查後說，「我們無法確定妳的 mono 是否還具有傳染性。不過好消息是……」她繼續說道，「淋巴結和脾臟的腫脹似乎已經退了。」

「什麼意思？」琳蒂問道。

「意思是，如果妳覺得自己狀況還可以就可以回學校去了。如果覺得累的話，也別勉強。這一兩個月不要跟別人共食或喝飲料，以免傳染給朋友。」

「她明天就可以去學校了嗎？」媽媽問道。

「如果她想去，今天下午就可以回學校。」古帕醫師說。

琳蒂看了一下時間，「學校在二十分鐘前就放學了，」她說。

「太可惜，」古帕醫生微笑說道，「我想妳一定等不及想離開家裡了吧。」

經醫生一說，琳蒂也覺得心癢癢的。在回家的路途上她坐立難安，一進家門就知道自己沒辦法在家裡待到睡覺時間。她已經準備好要回到自己的生活了。「我可以去『甜蜜逃亡』嗎？」她問道。

「當然，親愛的。」媽媽說，「玩得高興點，晚餐時間見。」

琳蒂飛奔跑回自己的房間，迅速地換上毛衣和牛仔褲。這是

她生病之後頭一回穿上棉褲以外的褲子——丹寧布穿在腿上又硬又粗。她重新綁好馬尾，甚至刷了牙，對著鏡子笑得像個瘋子一樣。小豪肯定在甜蜜逃亡，而且現在小豪和斯蒂芙變成好朋友，她覺得斯蒂芙應該也會在店裡。她完全可以想像他們見到自己時會怎樣跳起來、給她一個大大的擁抱，然後讓出一個位子給她。她甚至會買所有餅乾給他們，或甚至那種夢幻的大蛋糕，反正她很快就要成為百萬富翁了。

　　清爽冷冽的空氣讓人充滿精神。她不在乎自己的身體有幾個星期沒能好好活動，也不在乎自己呼吸變得急促，肌肉因缺少使用而有點疼痛。這些她不在乎。她要去找好朋友，幾乎是一路奔跑過去。

13

調整歸隊的速度[17]

甜蜜逃亡的窗戶結霜了，可是琳蒂可以依稀地看出斯蒂芙跟小豪坐在靠近店門的位子上。她沒有先停下腳步等自己喘過氣來，直接打開門走進去，期待著門鈴一響，他們就會轉過頭來看見她。

然而，她只是呆站在原地，愚蠢地咧嘴而笑。斯蒂芙和小豪確實在店裡，但他們沒有轉過頭來看門口。斯蒂芙跟小豪相對而坐，倆人身體趨前，頭幾乎要靠在一起，他們倆都在笑。

琳蒂走到他們的旁邊，「嘿！」她說。

他們的頭分了開來，抬起頭看。

「梅琳達！」斯蒂芙說，「嗨！」

琳蒂笑開來，「嘿！」她又再說了一次，還帶點喘吁吁的口氣。「我回來了！」

「酷！」小豪說。

「妳確定妳的病好了嗎？」斯蒂芙說，「妳的聲音聽起來有點……累。」

---

17. 原文章名"Adjusted Rate of Return"，也有「調整後報酬率」的意思。

「那是因為我跑過來。我等不及想和你們見面了！」

「嗨，」小豪說。他露出微笑，琳蒂發現他的牙套變成藍色的了。但去年剛裝上之後一直都是灰色的啊。

琳蒂笑了一下，看著桌子。「這是誰的手機？」

「我的！」斯蒂芙說，「啊……！」她高舉著手機，彷彿手機是從天而降。「我有智慧型手機了，**終於**！我爸媽上週末帶我去辦的。」

「我好嫉妒喔，」琳蒂說，「現在我是七年級裡唯一沒有手機的人了。」

「可能喔，」斯蒂芙說，「連霍華德都有老恐龍手機了。」

「嘿，不要侮辱我的小恐龍。」小豪拿出自己的掀蓋式手機，放到桌上。

斯蒂芙呵呵笑了，琳蒂站在那兒，等著小豪對斯蒂芙說不要叫他霍華德，但他沒有開口。琳蒂說，「我可以坐在這裡嗎？」

「喔，好啊！」斯蒂芙說，「屁股坐過去一點，霍華德。」

小豪移了一下，在琳蒂把大衣脫掉時，斯蒂芙已經站起來，坐到小豪旁邊。

我想他們只是想小心一點，以免我的病還有傳染力，琳蒂心想。

「嘿，琳蒂，」斯蒂芙說，「妳可以把我的大衣和東西拿給我嗎？」

「嗯，好啊。」琳蒂在空出位子的那邊坐下來，把斯蒂芙的東西從桌子上傳過去。

　斯蒂芙把外套放在她旁邊，小豪就得更往牆邊靠，這也使得斯蒂芙也和他靠得更近。小豪臉紅了，但斯蒂芙好像一臉滿意的樣子。

　琳蒂說，「最近怎麼樣？我明天就要回到學校了，有什麼新八卦？」她試著回想斯蒂芙之前在線上跟她說的八卦來當話題。「凱西戴了眼鏡，對不對，」她回想起來，「是怎樣的眼鏡？」

　小豪玩著帽T的線，斯蒂芙則望著遠方，彷彿在回想起遙遠的記憶。「噢，對啊，」她說，「我記得蠻小的，是塑膠材質。」

　「是什麼顏色？」琳蒂問道。

　「我不知道，那是好久以前的事，也已經沒人在意了。現在大家都在討論穿著連身褲的貓。」

　小豪笑了起來，斯蒂芙也開始狂笑，甚至倒在小豪的肩膀上。

　琳蒂假裝自己沒看到這一幕，「穿著連身褲的貓？」

　斯蒂芙搖搖頭，「對不起，這笑話只有我們知道。」

　「妳一定會覺得很好笑，琳蒂，」小豪說，「上科學課時我們要把解剖的青蛙畫成圖，可是斯蒂芙畫得太爛，看起來像穿著連身褲的貓。」

琳蒂想笑，可是她就是難以想像。她在想，這是不是小豪每次遇到斯蒂芙就調頭走掉的原因，因為她和斯蒂芙都聊小豪不在乎的事情。而斯蒂芙則抱怨自己跟小豪總是有很多他們才聽得懂的笑話，好像他們講的是另一種語言。「可能要在現場才覺得好笑吧，」她說。

　　「對啊，」斯蒂芙說，「不過，真的很好笑。」

　　「聽起來應該是，嘿，」琳蒂試著讓語氣輕快起來，「你們要不要來點餅乾？我請客。我在網路上買賣股票，賺了不少錢喔。」

　　「買賣股票？」小豪問道。

　　「對啊，」琳蒂說，「一開始不好搞懂，可是你只要掌握訣竅，就會讓人上癮喔。可以買了然後賣掉，而且價格會一直變動，所以要找到價格會上漲的股票，並在價格還很低的時候買，等到價錢變高後賣掉。」

　　然而她的朋友們似乎沒那麼有興趣。**一定是我解釋得不好**，琳蒂心想。頓時，她知道該怎麼做了，「我一開始用100美元投資，」她說，「現在我有快200美元了。」

　　「真的假的，」斯蒂芙說，「那妳要用200美元買什麼？」

　　「嗯，買餅乾給大家吃。」她微笑說道，「還有買更多股票，我會一直交易來賺更多的錢。」

　　斯蒂芙皺皺鼻子，「我會買演唱會前排位子的票，哪場演唱會都可以。我**真的**好想去聽演唱會。我爸媽說，等我生日的時

候他們會買給我，但我不想等那麼久。霍華德，你會買什麼？」

小豪不假思索地說，「幫我的筆電買個更好的處理器。」

「你應該買滑板，」斯蒂芙對小豪說，「我覺得你很適合玩滑板。」

「什麼？」琳蒂說，「怎麼可能。」

小豪聳聳肩，「可能吧。」

「我還要買一套可愛的衣服穿去看演唱會，」斯蒂芙繼續說，「說不定樂團會看到我站在前排，邀請我到後台。」她看看小豪然後咯咯地笑了，「然後我要買穿著連身褲的貓。」

琳蒂想阻止對話又回到穿著連身褲的貓，「我現在可以請大家吃餅乾，或是買一個大蛋糕！」

「不用了，謝謝，」斯蒂芙說，她站起來，套上一層層的外套，「我該回家了。今晚上溜冰課前我得先做功課。琳蒂，妳一定會**很愛**溜冰課的，**超好玩**的。」

琳蒂頹坐進座椅裡，「我可以上下一期的溜冰課。或許我應該用買股票賺來的錢，請私人教練來趕上進度，好讓我和妳一起上課。」

「好耶！」斯蒂芙說，「那比花錢買更多鼓棒[18]好！」

「是股票。」

---

18. 斯蒂芙把"stock"（股票）說成"sticks"（鼓棒）。

「隨便啦。」

小豪偷偷笑了，斯蒂芙開玩笑地搋他的手臂一下。

「小豪，你想吃杯子蛋糕嗎？」琳蒂問道。

「不了，我要去幫我爸的忙了。」

琳蒂試著不讓自己露出失望的表情。「好吧，反正我也該回家了。股市下午四點收盤，我可能需要在最後幾分鐘做一些交易。不過，明天我們就可以在學校見面了。」

「太棒了，」斯蒂芙尖叫，「我等不及了。」她把郵差包斜背起來，揮著雙手告別。她離開的時候，店門上的鈴噹也跟著響了。

小豪的爸爸在櫃檯後呼喚他。「歡迎回來，」小豪對琳蒂說，「明天見。」

「謝謝！」她說，「再見。」

小豪滑出位子，走到櫃檯後方，然後消失在後面的門後。

琳蒂一個人坐在原位上，看著甜點櫃，這些甜點看起來已經不像她剛進來時那麼誘人。

她慢慢地走回家。感覺很累，但不只是因為她的身體疏於活動的關係。不知道是斯蒂芙和小豪的舉止有點奇怪，還是她只是還不習慣他們成為朋友？**我在家裡待了快一個月**，她提醒自己。**既然斯蒂芙和小豪相處得來，情況有點不一樣了。一旦我回到學校，我們每天都會見面，情況會恢復正常的。**

琳蒂滿懷希望，最後還是開開心心地回到家。她登入股票交易帳號，回到自己熟悉的事情上，在她短暫離開的這段時間，她賺了13美元。她突然想到斯蒂芙和小豪因為斯蒂芙的手機靠得很近，一起笑穿連身褲的貓，這一切都讓她覺得自己是從另一個星球來的人。才過了四週而已。要是明天去學校，一切也變得奇怪怎麼辦？

　　或許馬格利斯先生說得對；股市難以預測的程度遠不及中學生。

第二部

14

歸隊

　　踏進學校，爬上樓梯，走到七年級的置物櫃時，一切還維持著她離開時的原樣，這讓琳蒂鬆了一口氣。淡綠色的牆，十五年前學生彩繪的壁畫，學生聚集在置物櫃和班級教室外。

　　「琳蒂！妳回來了。」

　　琳蒂在打開的置物櫃前轉身，發現是凱西靠在隔壁置物櫃的板子上。她紅褐色的頭髮比琳蒂記憶中的短，而且她戴上黑色塑膠眼鏡後，頭髮看起來更輕盈了。「嘿！我喜歡妳的眼鏡。」

　　凱西的手往上扶著鏡框，她皺皺鼻子。「謝謝，我還不確定自己是不是百分百喜歡這副鏡框，可是我想能夠看清楚就值得了。」

　　「之前是不是看什麼東西都濛濛的？」琳蒂問道。

　　「沒錯！」凱西咧嘴而笑。「我之前根本沒發現耶，可是我一拿到眼鏡戴上後感覺差好多喔，多到讓我不敢相信。我都不知道自己錯過了多少東西！」

　　琳蒂忘了一件事：她有多麼喜歡凱西。或者只是她過去沒有發現，因為她每天都跟斯蒂芙和小豪泡在一起。「我想我今天

應該能感同身受，」琳蒂說道，「我在家待了這麼久，都不知道學校發生了哪些事。」

「我想妳錯過的應該不會太多，」凱西說，「不過，如果功課或其他方面需要幫忙，跟我說一聲。數學除外，我上普通班的課，而且有些我還是完全聽不懂。」

「妳在普通班？」琳蒂說，「我現在也在普通班了。我要去班級教室拿新課表。」

「酷，」凱西說，「其實沒那麼糟，或許我們其他課也會一起上。」

「喔，」琳蒂說。她沒有想過數學課降級會影響到其他的課。不過，在她到教室拿到新課表後，發現一切都變了。新的數學課在第六堂，也就是她通常吃午餐的時候。現在她要在第五堂的時候吃午餐了，少了小豪、斯蒂芙以及其他通常會跟她同桌吃飯的人。那她要和誰坐一起？她不在的時候，斯蒂芙跟小豪又要分享多少她聽不懂的笑話？如果她連自己的朋友都**見不到**，那要怎麼回到正常的生活？

新的課表已經夠令她夠難過了，今天還是她沒辦法碰交易帳號的第一天。她早早起床，下了一些限價單（limit orders），在部分股票達到特定價位時，電腦就會自動交易。可是，不管是市場或是課堂，她都不知道會發生什麼事，這讓她想用電腦想得手指發癢。

到了第三節的合唱團課，她再也忍不住了。琳蒂要求需要去

一趟廁所，可是她人卻往圖書館的方向走。在圖書館的公用電腦裡，她登入股票交易網站，在圖書館員從正在上架的書中抬起頭之前，她確定自己的股票沒有大幅漲跌。她打算在回教室的路上去個廁所，這樣技術上來說，就不算騙老師了。不過，她覺得還是快去快回得好。當她走回教室時心臟砰砰跳，不過，她溜進同學中間時，其他人根本沒多看她一眼。她加入團隊中一起合唱，心想這並不難。

到了第五堂課，與其冒著在餐廳得一個人吃午餐的風險，她在自己的置物櫃前吃掉三明治，然後整節課的時間都泡在電腦室裡買賣股票。她只賺了5美元。不過，時間過得飛快，鐘聲響起時她還嚇了一跳。

在第六堂數學課時，除了凱西，琳蒂一個人也不認識，但托股票的福，她知道大部分圖形問題的答案。這使得她等不及要告訴馬格利斯先生，還有媽媽。她也等不及想再看看自己的投資組合，可是，下一堂課是體育課，體育館裡面就有廁所，她不能像上合唱團課一樣，再從體育館溜到圖書館。

當琳蒂到更衣室換上短褲後，才見到斯蒂芙，這是今天一整天來第一次看到她。在改課表之前，體育課是唯一她們沒有一起上的一堂課。現在看來，她們一起上的也只有體育課了。

斯蒂芙正在跟另一個女同學說，「我這週末要去！」

琳蒂偷偷溜到她的背後，雙手抱住她。

斯蒂芙倒吸了一口氣，轉過身來，然後抱住琳蒂。「妳**跑到**

哪裡去了？」她說，「妳說今天會回學校，可是早上每堂課都沒見到你，午餐時妳也沒出現。」

「對啊，」琳蒂說，「我的數學課被降到普通班，這把我的所有課表都打亂了。」

斯蒂芙張大了嘴，「我們以後都不能一起上課了嗎？」

「嗯，」琳蒂說，「我想我們只有體育課可以一起上。」

「現在嗎？妳現在也要上體育課嗎？是現在嗎？」

她們倆都笑了。

「對啊，」琳蒂說。

「太好了！我要傳簡訊跟小豪說，我們以為妳還在生病呢。」斯蒂芙從更衣室櫃子裡拿出手機，開始打字。琳蒂看著她，心想斯蒂芙有手機，是否代表即使只有她跟斯蒂芙在一起，但沒有手機的她，仍舊是被冷落的那個人。她也突然意識到，這代表她不用溜出去找電腦就可以交易股票。

「嘿，」琳蒂說，「可以跟妳借一下手機嗎？」

「當然可以，」斯蒂芙緩慢地說，並把訊息打完發送出去。「我知道沒有手機是什麼感覺，所以我的隨時隨地都可以借妳。」

「謝謝。」琳蒂說，她拿了手機，請斯蒂芙告訴她如何開出網頁。「想不想看我的投資組合？今天第三節課時我的股票已經漲了5美元喔。」

「妳還在弄那個？」斯蒂芙說，「等一下！」她把手放在琳

蒂的手上，「我知道妳可以把錢花在哪裡了。溜冰課有一群女同學下個月要去看希斯‧卡爾森的演唱會，門票要100美元，我問過我爸媽，他們說我可以去！而且重點是：我們可以自己去，不用爸媽陪。妳也一起來！」

「我不知道我爸媽會不會讓我去。」琳蒂回答斯蒂芙時已經知道，答案是不行。她現在就可以聽見爸媽的理由：她才十二歲、她的病還沒好、門票要100美元。

體育課老師對著更衣室大吼，琳蒂和斯蒂芙才發現更衣室裡只剩下她們倆。斯蒂芙抓起手機，放回櫃子裡，她們一起跑進體育館裡。

「如果妳是用自己的錢買票呢？」過了幾分鐘，斯蒂芙問道，她們正在來回地擊球與托球，「用妳從什麼**票**賺的錢買呢？」

「是股票交易，」琳蒂覺得自己好像已經說了一百萬次了。「不知道，可以問問看。」即使爸媽奇蹟似地答應了，她也不確定自己是否想把股票交易賺來的錢，用在和一群不認識的女生去看希斯‧卡爾森的演唱會上。這樣會讓她戶頭的錢減少一半，她已經因為錢太少所以可以選擇的股票有限，她的帳戶需要**更多錢**，而不是更少錢。

「或者，如果妳爸媽答應了，」斯蒂芙說，「妳可以把錢用來買穿去演唱會的可愛衣服，我這星期要去購物中心買些衣服。」

「可能吧，」琳蒂回答的同時漏接了一顆球，走到後面去把球撿回來時，想著要怎麼改變話題。「所以現在妳和小豪成為好朋友了，」她隨性地把球拋給斯蒂芙。

「對啊，應該可以這麼說吧。」

「應該？什麼意思？」

「我不知道怎麼說，」她的臉頰紅了起來，漏接了一顆球。「我是說，對啊，」她把球撿回來，「我們是好朋友了，他其實還蠻酷的。」

「早就跟妳說了，妳應該相信我的，我交朋友的品味很好，」琳蒂把球托到高空。

「嗯，的確是。」斯蒂芙笑著說。她把球接住，抱住球。「天啊，今天午餐的時候，他說的話超可愛。」

「**小豪？**」琳蒂問。**超可愛？**她心想。小豪說話很聰明、很好笑，有時候甚至是很奇怪。可是，怎麼會是可愛？

「嗯。他帶了一個他爸做的杯子蛋糕，兩邊的糖霜有點撞到了，他就說『我的杯子蛋糕有莫霍克頭[19]』。」

「那是我說的！」琳蒂脫口而出。

斯蒂芙揚起一邊眉毛，把球拋給琳蒂，「呃，是小豪說的，妳那時候不在。」

球飛過琳蒂的頭頂，但她不想去撿。「當然不是今天。可

---

19. 兩側剃光只留下中間部分的髮型。

是，那句話是我說的。一個月前，在他的杯子蛋糕變成莫霍克頭的時候。他的杯子蛋糕每次都撞到，所以我們就開始說是莫霍克頭蛋糕，妳沒聽我們說過嗎？」

斯蒂芙搖搖頭。

「他沒說那是我們，『我和他』說的嗎？還是一副這是他第一次說這句話？」琳蒂知道自己在小題大作，可是她無法無動於衷。那感覺就好像肋骨被踢了一腳。

斯蒂芙聳聳肩，「可能他有說你們說過，我不記得了。」

「不管了。」琳蒂咕噥，看著體育館的四周。「我們的球跑去哪裡了？」她在體育館遠遠的角落發現球，走過去的路上還被另一顆球打到頭。她遠遠的把球丟回去給斯蒂芙，遠到不需要交談。兩個人就一直保持這個距離，安靜地來回傳球，直到換衣服的時間到了。

15

多餘資金

　　琳蒂回到家後，為了杯子蛋糕發的火也消得差不多了。即使小豪把她講過的笑話說給斯蒂芙聽，還假裝是自己想到的，那又怎樣？回歸正常已經夠難了，如果她和斯蒂芙為了小事吵架會難上加難。所以她決定要去聽希斯・卡爾森的演唱會。一定會很有趣，而且這會讓她跟斯蒂芙和好如初。

　　儘管琳蒂知道當面問媽媽會得到比較好的答案，但她等不及了。到家後，她一放下書包，脫掉大衣，就打電話到媽媽的公司。

　　「所以，」媽媽說，「怎麼樣啊？」

　　「什麼怎麼樣？」琳蒂問道。

　　「第一天回到學校怎麼樣！」

　　「喔，很好啊。斯蒂芙和一些上溜冰課的同學要去希斯・卡爾森的演唱會，她問我可不可以一起去。我可以去嗎？拜託。」

　　「噢，我不知道，梅琳達。」媽媽說，「妳應該還要休息久一點。我覺得去演唱會不太好。」

　　「可是，演唱會是下個月，而且斯蒂芙會去。」琳蒂說，

「這是斯蒂芙的第一場演唱會，也會是我的第一場演唱會，我們想要一起去聽第一場演唱會。」

琳蒂的媽媽嘆了口氣，「可以等我回家之後再來討論這件事嗎？門票要多少錢？」

琳蒂試著保持輕鬆的語氣，「門票是100美元。」

「什麼！」

「我知道很貴。可是，媽，是希斯·卡爾森耶。」

「100美元？我還要幫自己買一張。為了一場妳本來就不該去的演唱會花上200美元？」

「妳不用再買一張，」琳蒂一面說一面覺得，這個對話簡直是引火自焚，但她還是忍不住點燃導火線。「其他人的爸媽都不會去。」媽媽沉默了幾秒，琳蒂抱著希望又說，「所以只要100美元。」

媽媽先對著某個同事說了一些話，才又繼續講電話，「琳蒂，我很高興妳第一天回學校就很順利，我也很高興妳的身體狀況恢復到想去聽演唱會。可是，妳才十二歲，要自己一個人去還太小。**不管是什麼活動**，以妳的年紀要參加一場100美元的活動還是太小了。」

「可是，媽……」

「我要掛電話了，梅琳達。等我回家後再來討論。但我的答案應該不會改變。」

琳蒂保持冷靜的口吻說了再見，然後尖叫一聲把電話摔到地

　　　　　　THE SHORT SELLER

上。不公平。**怎麼什麼事都不如她的意**。她失去了朋友、爸媽不讓她做任何有趣的事情，她甚至不能繼續做擅長的事情——買賣股票——只因為她整天都要待在愚蠢的學校。

她跺腳走進房間，打開筆電，手指在鍵盤上敲打著，打開她的投資組合。以今天的運勢來說，她可能從第三堂課之後就賠掉所有的錢。

可是，她看到的畫面讓她嚇呆。她不但沒有把所有錢虧掉，而且還賺進更多的錢。琳蒂現在的投資組合價值超過了200美元。距離收盤還有一個小時，如果買對股票，甚至還可以把總值提到更高。或許斯蒂芙是對的，如果她用自己的錢買演唱會門票，媽媽就會讓她去。

這時，她的視線從自己的投資組合移到爸媽的。自從她開始買賣自己的股票後，就沒有再看過爸爸的帳戶。不過，現在她點進爸爸的帳戶，她只是想知道爸媽那兒還有沒有多的100美元可以用。

琳蒂幫爸爸買的兩檔股票還在，而且還在上漲中，雖然漲勢沒有剛買進時強勁。還有幾檔其他的股票，股數較少，以及一些共同基金。琳蒂很肯定自己跳過股票書中提到共同基金的部份，因為書中說共同基金的起伏不大，適合長線投資，然而她對這個沒有興趣。

吸引她目光的是「資金」這個欄位，也就是帳戶中尚未用來投資股票的錢。是閒置在帳戶裡，什麼都沒做的錢。琳蒂的資

金是零，她的213美元都拿來買股票了。

可是，她的爸媽有很多的資金，非常多。多到讓她頭暈眼花。

「我們家好有錢。」她輕輕地吸了口氣說道。

她覺得自己又開始火大了。她知道家裡並不窮，但她並不曉得家裡很有錢。爸媽為什麼要把這麼多錢都放在那裡？琳蒂心想。他們可以用這些錢賺更多的錢。她的100美元翻倍已經很多，要是**這樣的金額翻倍**——那不就棒呆了！

「小琳，妳在幹嘛？」

琳蒂嚇得跳了起來，膝蓋還撞到桌子，打翻桌上放了好幾天的水杯。「天啊，崔西。」她說，並且從地板上抓了一件 T 恤來把水吸乾。「妳嚇到我了。我都不知道妳在家。」

「看得出來，妳超認真在看螢幕。我還以為妳張著雙眼睡著了。妳在看什麼？」

琳蒂迅速關掉視窗，把筆電關機。她記得爸爸怎樣嚴正警告不能把投資組合的資訊透露給任何人。她不知道崔西算不算任何人，因為她也是家人，可是現在她知道裡頭有多少錢之後，她知道為何這是個祕密了。

「拜託，」崔西說，「我不會跟任何人說。妳剛剛在幹嘛？」

「沒事。」琳蒂向她保證。知道爸媽有多少錢的感覺很奇怪。她希望自己沒看到那個數字，那高到超乎想像的誇張數

字。她不想知道媽媽說沒有100美元可以看演唱會時其實在騙她，因為爸媽資金裡的金額根本可以把演唱會的會場買下來了！她特別不想去想如果好好投資，這些錢會變得多誇張、多高、多麼更難以想像。

「我沒在幹嘛。」她重複道。

這一次，她是向自己保證。

16

分析症候群[20]

　　琳蒂試著不要去想爸媽有多少錢，她真的很努力。可是，就像有人跟你說「不要想灰色大象」一樣，結果你的腦海裡全都是灰色大象。琳蒂越想甩開這件事，它就越要闖入她的大腦，彷彿就住在大腦，舒服自在地躺臥在沙發上。

　　演唱會的事情，她還不打算再問一次，因為她知道自己一定會忍不住把知道的事情全說出來。當媽媽翻閱傳單，撕下柳橙汁的25分優惠券時，她心想，**可是妳大可把全佛羅里達的柳橙樹都買下來啊！**當全家坐下來吃晚餐，餐盤上是比目魚、飯、花椰菜時，她心想，**我們明明就可以吃龍蝦和菲力牛排！**當斯蒂芙不停地說著她買了哪些穿去演唱會的衣服，小豪只想玩他的三個新遊戲不想出去時，琳蒂心想：**為什麼我的爸媽不把錢花在我身上？**

　　她試著不去想爸媽有多少錢，而是思考怎麼賺自己的錢。每天早上，在上學之前，她閱讀報紙頭條，想知道是否播出可能

---

20. 原文章名"Analysis Paralysis"，有分析癱瘓、資訊多到難以處理；或過度分析，因此作不出決定之意。

會影響當天盤勢的重大經濟新聞。她回家後，電視轉到 CNBC 頻道來瞭解股市動態。在白天時，她在電腦教室度過午餐休息時間，然後在體育館的更衣室，借用斯蒂芙的手機迅速關心一下股市。

爸媽使用的股票交易網站雖然不是最先進或最準確的，但在某些方面來說，它讓整個股票買賣流程更容易管理，使她不會受到資訊的轟炸。雖然她沒有辦法看到納斯達克二級（Nasdaq Level 2）即時報價系統，或股票交易的時間與交易量，但這個網站可以設定提示與限價單。她不像過去的馬格利斯先生在華爾街工作時，一台電腦連接五個螢幕（他甚至拿自己辦公室照片給琳蒂看，照片裡是滿坑滿谷的桌子和螢幕），但她的確想到方法。將舊桌機螢幕接到筆電上，這樣她就能有兩個螢幕，只是一個比較老、比較方、比較模糊。

即使媽媽老是跟她說的那句話「只要用心去做，就會成功」不適用於她的數學程度，但用來形容她的股票買賣卻很準。琳蒂找到成功策略，然後賺到錢。**我對這件事很在行**，她心想。

如果有更多錢可以用就好了。

週二，琳蒂上午十一點必須回診。複診後，媽媽帶她去吃午餐，只是到了那個時間，再回學校上課也沒什麼意義，雖然媽媽還要回去上班。在黃金交易時段，只有一個人在家，琳蒂知道這就是大撈一筆的完美時間。她轉到 CNBC 頻道，打開股

票交易網站。電視上的分析師提到一檔股票，似乎很適合買進。於是琳蒂查詢了股價：145美元。若用自己的錢只能買一股，她嘆了口氣，回到帳戶的首頁。然後，發現爸媽的錢也在看著她。

根據她的股票書，「活躍交易者」（active trader）向券商借錢，讓自己有更多資金可以投資。馬格利斯先生說他的公司一直都是用借來的錢在投資。「這叫融資，」他說。「是短期借貸。妳借了錢，順利的話能夠賺一筆錢，然後把借來還回去，並把獲利留下。」他也有提到虧損，但那一部分沒那麼重要。

融資，她心想，想像著馬格利斯先生解釋事情時的眉毛。**短期借貸**。或許可以短到連借錢對象都不需要知道。就像某年夏天，崔西在外過夜那天，她穿著崔西的外套和斯蒂芙一起吃義大利冰淇淋，趁崔西回來前再把外套放回去。

我可以從爸媽那裡借一點點的錢，琳蒂心想，**他們永遠不必知道**。

後知後覺[21]

電話響起，她的視線離開爸媽的帳戶。

「哈囉，」琳蒂說。

「嘿，嘿！」

琳蒂瞄了爸媽的資金最後一眼，把筆電闔起來。「斯蒂芙，什麼事？」

「我要從學校回家了，要不要幫妳把今天的作業帶回去？」

「好啊，」琳蒂說，「數學作業我可以請凱西幫我拿，所以我只需要社會課作業。」

「我二分鐘後到，」斯蒂芙說，「可是我不能待太久。尼克把東西忘在學校了，所以我媽要載他回去，然後她送雙胞胎去練空手道之前會再來接我。」

「是柔道！」斯蒂芙身邊傳來聲音。

「隨便啦，」斯蒂芙說，「琳蒂不在乎。」

「可是根本就不一樣，」一個不一樣但相當相似的聲音說。

琳蒂幾乎可以聽到斯蒂芙眼皮翻動的聲音，「總之，琳蒂，

---

21. 原文章名"Recognition Lag"於經濟學中為「認知時差」之意。

我去待個十分鐘可以嗎？」

「當然，」琳蒂說，「不要客氣」。

「好，一分半鐘後見。」

一分半！琳蒂環顧四周，這才發現客廳一團亂，交易書和印出來的圖表蓋到沙發和咖啡桌都快看不見了。她也一個禮拜沒有整理房間了。通常琳蒂不會在意這些，過去斯蒂芙在大雨過後到她家，也只是在床上或地板上清出一個空位坐下，斯蒂芙通常毫不在意。可是，這是斯蒂芙隔這麼久之後第一次到家裡來，琳蒂不想冒任何的險。

她把所有圖表隨便整理成幾堆，塞到交易書裡當成書籤。她聽到車子停在車道上的聲音，她把筆電搬到房間，然後把堆在地上的髒衣服塞進衣櫃裡。衣櫃的門還關得起來根本是奇蹟。她希望斯蒂芙沒有什麼打開衣櫃的理由，畢竟誰碰了衣櫃的門，就會成為衣服雪崩的受害者。

琳蒂對著鏡子重新綁了馬尾，把電視關掉，然後門鈴就響了。「嘿！」她把門打開。

「哈囉，」斯蒂芙走進來，把連帽外套的帽子拉下來。「我弟很誇張，」她脫下手套，塞到大衣的口袋裡。「他們整趟路上都在解釋人類知道的各種武術的差別。跆拳道是韓國來的，」她模仿尼克的樣子，「空手道是來自日本。」

琳蒂覺得心裡暖了起來。或許她沒有什麼好擔心的。她和斯蒂芙之間一點事情都沒有。「很有趣，」她微笑說道。

「對啊，」斯蒂芙卸下郵差包，噗通一聲坐在椅子上。她拿出社會課的檔案夾，把功課交給琳蒂。

「妳抄的筆記也可以借我嗎？」琳蒂問道，「我抄一抄，明天還給妳。」

「喔，好啊。還是檔案夾整個給妳。功課不需要用到，明天早上我再去妳的置物櫃找妳拿。」

「好，」琳蒂說，「謝了。」她把檔案夾放在咖啡桌上，然後在長沙發坐下。

「那，」斯蒂芙說，她的手指開始在沙發上的扶手滑動了起來，「妳問過妳媽演唱會的事情了嗎？」

「我問了一次，她說不行。」琳蒂說。

「噢，」斯蒂芙說，「喔，好吧。」

「不過我還會再問一次。如果我跟她說我可以自己買票，我想她應該會改變心意。」

「嗯，」斯蒂芙說，「不過，如果不行的話，我們也很快就可以去其他場演唱會了。」

「我覺得她會答應我。」琳蒂說，「只是要找對時機問。」

「嗯，」斯蒂芙又說了一次，這次口氣輕快了一點，「我在想，或許這次妳不來也比較好。我是說，我們昨天晚上在溜冰課上聊到這件事，我不希望妳來了然後覺得被冷落，畢竟這些女生妳都不認識。」

「我不會覺得被冷落啊，」琳蒂說，「我還有妳。」

「是沒錯，」斯蒂芙說，現在她雙眼看著琳蒂，「可是，只是說，我才**剛剛**和這些女生成為朋友，裡面很多人是八年級[22]的，而且她們還不太認識妳。我們都一起上溜冰課，而且都很喜歡希斯・卡爾森，可是妳只忙著妳的股票。」

　　琳蒂有點納悶地歪著頭。

　　「她們肯定會喜歡妳的，」斯蒂芙趕緊說道，「可是她們還**不認識**妳，妳懂我意思嗎？所以可能會很奇怪。」

　　「噢，」琳蒂說，斯蒂芙的話開始讓她感受到痛楚了。「我懂了。」

　　外頭響起車子的喇叭聲，兩個女孩跳了起來。斯蒂芙背上背包，給琳蒂一個擁抱。「明天見。等妳再大一點，可以去看演唱會時，我們再一起去，我向妳保證！」

---

22. 美國教育裡的八年級，相當於臺灣國中二年級。

18

頁緣的秘密[23]

　　琳蒂透過玻璃門看著斯蒂芙走進車裡，心裡怒火中燒。等她**再大一點**可以去看演唱會？「我沒記錯的話，」她一邊甩上門一邊大聲說，「我們倆年紀一樣大。」她走回長沙發，緊握雙拳，她對著空氣吼道，「我還比妳大一個月呢，**斯蒂芙**！是怎樣，我太遜不能跟妳的新朋友一起出去嗎？妳覺得帶小琳蒂去這個成熟的演唱會很丟臉嗎？」她抓起斯蒂芙的檔案夾翻閱起來。「妳這麼成熟，這些筆記是從大學的課裡抄來的嗎？還全用紫色的筆寫，也太成熟了吧！」

　　她把檔案夾丟回咖啡桌，檔案夾的扣環彈開來，裡頭的紙散的到處都是。「吼！」她不想把裡面的東西撿起來——**妳活該，斯蒂芙**——不過，散落紙張的頁邊空白處，吸引到她的注意力。斯蒂芙所寫的課堂筆記都是用她最愛的紫色，不過，唯有這裡用的是黑色。而且，不是斯蒂芙的筆跡，是小豪的。

---

23. 原文章名"Margin Emergency"中的"margin"，於股票交易中有「保證金」意，用意為先繳交保證金以免違約。

我喜歡妳的襯衫。

她的心跳開始加速，琳蒂抓起那一頁。小豪的留言底下是斯蒂芙的紫色字跡，然後又是小豪的字。就在紙張頁邊留下完整的對話。

謝啦！我好無聊喔！
我也是，這週末要出去玩嗎？
是出去玩，還是出去約會呀？
去約會吧，如果妳想要的話。
好！☺
好。酷！

琳蒂看筆記上的日期，是昨天。她最好的兩個朋友，在琳蒂生病以前，還互相討厭彼此的兩個朋友，現在不只**正在交往**，而且在她回學校後的一天半裡，完全沒有想到要跟她說一聲的意思。

琳蒂壓抑自己把紙撕成百萬碎片的衝動。要不是她午餐和下午完全只想著買賣股票，晚上都在上馬格利斯先生的課，她一定會從別人那裡得知這件事。可是，斯蒂芙和小豪不應該這樣。他們是認為琳蒂還不夠成熟，不能知道這件事嗎？那他們算什麼朋友啊？

　　　　　　　　　　　　THE SHORT SELLER

外頭傳來的沙沙聲代表崔西和媽已經到家了，但琳蒂不想看到或跟她們任何一個講話。她緊抓著證據，跺著腳走回房間。剛才匆忙清理卻白忙一場的房間，因為斯蒂芙來的時候只待在客廳，而且只是要和琳蒂說她還太幼稚。琳蒂朝衣櫃的門踹一腳，她塞進衣櫃裡的所有東西此時傾瀉而出，掉在她的周圍。「吼！」琳蒂喊得喉嚨又疼了起來。

　　不過，這時候，她看到自己桌上的筆電。她爬出衣服堆，登入股票交易網站。**他們覺得我的興趣很幼稚是嗎？**心想。她的投資組合今天上漲了3%，可是，200美元的3%也只是6美元。**我不需要朋友**，琳蒂心想。**我需要的是更多錢。**

　　她的視線往下移到爸媽的可用資金，游標也跟了上去。該是時候好好利用「融資」了。

風險評估

　　她讀過的每本投資理財書都說：活躍交易者必須能承擔風險。股市可能隨時往任何一個方向擺動，當沖客（day-trader）必須接受這一點。你可能前一天還賺大錢，隔天就虧大錢。這是當沖恐怖的地方，卻也讓人興奮無比，只要風險不會太大。成功需要風險評估、擬定計畫、堅持計畫，準備好接受任何結果。

　　對琳蒂來說，這不僅適用於她實際上的股票買賣，也包括她在學校時偷溜去圖書館看自己的股票。而且，最重要的是，確保爸媽沒發現她現在用他們的帳戶買賣股票。

　　所以，琳蒂的爸爸隔天早上問她能不能用一下筆電登入股票交易網站，琳蒂的心跳開始加快，但她已做好萬全準備。

　　「你要用來做什麼？」她問道，並一派輕鬆的用叉子切開英式瑪芬。

　　「我想看一下我們的投資組合。」爸爸說。

　　「電腦在下載更新，」琳蒂說，「所以現在沒辦法登入。」她打開小烤箱，把瑪芬放到烤架上。

　　「我最受不了電腦這樣了，」爸爸搔搔鬍子說道。「瑪芬好

像不錯，可以也幫我烤一個嗎？」

琳蒂差一點就說出太乖巧的話，像是**當然可以，父親**，不過她阻止自己。她必須要用正常的語氣，「好啊。」她打開包裝，切開另一個瑪芬。

「要多久才會好？」

「我不知道，爸。英國瑪芬的話，兩分鐘嗎？」

「不是，我是說電腦。要多久才會下載好？」

「噢，可能要等一陣子。不過我放學回來可以登入，然後再打電話到你辦公室找你。」

「嗯……那我下班再看好了。我想賣一些東西……」他的聲音越來越小，像往常一般前後擺動自己的頭，好像再說，**妳懂我的意思**。

「我可以幫你賣。反正等你回家就收盤了。股票的代號是什麼？要賣多少股？」

「沒關係，算了。我之後再處理。」

走廊傳來琳蒂媽媽的聲音。

「什麼事？」薩克斯先生回應。

她的聲音比剛剛接近，「你在做什麼？」

「跟我的女兒聊天。」

薩克斯太太走進廚房，已經穿好上班的衣服。「聊什麼？我好像聽到『代號』和『股數』這幾個字。崔西起來了嗎？」

「崔西在浴室，」琳蒂說，「我醒來之後她就一直在浴室。

我都還沒刷牙。」

「崔西，琳蒂要刷牙了！」她喊道，「那你們剛剛在聊什麼？」

「我覺得瑪芬應該烤好了。」薩克斯先生說。

「爸，好像才過了三十秒而已，」琳蒂說。

不過爸爸還是往小烤箱走去，打開烤箱的門。他拿出半顆瑪芬，還是軟軟的，也還沒烤成褐色。「妳說得沒錯，琳蒂，還要一點時間。我先來把奶油準備好。」

「你在逃避我的問題，」薩克斯太太說道，她把茶包放進隨行杯，然後倒入水。「你們是在討論股票嗎？是的話也沒關係。」

「是啊，」琳蒂說。

「我們在討論琳蒂的股票，」爸爸說。「她用我們給她的100美元弄出來的投資組合。」

「不是我們的股票嗎？」她的媽媽問道。

「當然不是，」爸爸說。

「爸說謊，」崔西突然走進來說道，她頭上包著浴巾，從廚房裡的抽屜拿了燕麥棒。

「什麼？」琳蒂說，「妳根本不知道我們在討論什麼。」

「沒錯，」崔西說。她撕開包裝，咬了一口。「可是我不用懂。爸爸就是那麼不會說謊，」她往走廊走去，回到自己的房間。

「我想她說得沒錯。」薩克斯太太說，「親愛的，你答應過我的，要讓專業人士去處理。」

「我知道，」薩克斯先生說，「我沒有要做什麼事，只是看一下。**現在**瑪芬好了。小琳，妳要奶油嗎？」

「你可以等我們跟專業人士見面時再看。」

「好啊，我要奶油，」琳蒂說，「你們在說什麼？專業人士？」

「我們在說的是，」媽媽說，「我不放心讓妳爸自己在網路上買賣股票。我們同意在和專業人士諮詢之前，先不再動我們的持股。」

「那我的呢？」琳蒂問道。

「妳還是可以做妳的交易，」爸爸說。

獲得恩准了，琳蒂心想。

「可是，我不行。」爸爸噘嘴。然後看到老婆正盯著他，噘嘴趕緊變成假笑。「我只是開玩笑的，」他說，「妳說得沒錯。我們應該尋求專業人士的意見。在還沒定案之前，我連登入**看**我們的投資組合都不會。」

「謝謝你。」薩克斯太太說，並給了爸爸一個吻。

琳蒂幾乎不敢相信自己這麼幸運。她大口咬下英式瑪芬來掩飾內心的雀躍以及鬆了一口氣的感覺。現在爸爸不會登入，也就不會發現她借用他們的錢來交易。

「妳看起來心情很好，」琳蒂的媽媽對她說。從微波爐中拿

出茶，並把茶包丟進垃圾桶裡。

「下禮拜就放寒假了，」琳蒂說。

「對啊，就有很多時間可以跟朋友玩了。」

琳蒂聳聳肩，「不用去學校，我就有很多時間可以買賣股票。」

「不要太入迷。」薩克斯太太說。

「越入迷越好。」薩克斯先生說，「大撈一筆吧。」

琳蒂微笑。**獲得恩准了**，她再度心想。

到了學校，琳蒂靠在自己的置物櫃上。她一手拿著斯蒂芙的檔案夾（她心不甘情不願的整理好了），一手捲著自己的頭髮。斯蒂芙隨時都可能會來拿她的筆記，但琳蒂不知道該怎麼辦才好。她可以假裝自己沒有看到頁緣上的對話，也可以攤開來問斯蒂芙是否在跟小豪交往。兩種選擇都各有風險，而且似乎都不太值得。不管是哪個選擇，都無法讓時間倒退，讓三人的友情回到原樣。

結果，琳蒂什麼都不用說。當斯蒂芙走過來的時候，小豪跟她一起，倆人還手牽著手。

「嗨，琳蒂。」斯蒂芙說。

「嘿，」小豪說。

琳蒂盯著他們的手，然後看著他們的臉。斯蒂芙吸了一口氣，露出微笑，但小豪臉脹紅，望著走廊的遠處。

「檔案夾可以還我了嗎？」斯蒂芙說。

琳蒂遞出去，斯蒂芙拿了過來。

「體育館見！」斯蒂芙說完後，溜回自己的教室，她把小豪拖在後面，使得小豪像隻害羞的小狗。他往後看，輕輕地對琳蒂揮手。但琳蒂沒有做出任何回應。

20

局勢看漲

　　由於斯蒂芙忙著談戀愛，小豪假裝琳蒂不存在，琳蒂現在有很多時間跟精力可以買賣股票，而且這麼做的確值得。事情順利到不行。琳蒂還是用她自己的股票開發出的投資策略進行買賣，只是現在，她有更多錢可以操作，所以有更多選擇。一開始她限制自己只能動用一定額度的錢，而且她在幾天內就讓資金成長了近12%。

　　在寒假開始前的最後一天，凱西在數學課問她晚上要不要去逛街。「我們明天早上就要去度假了，」她說，「可是我還沒買好送我媽的耶誕節禮物。要不要一起去？」

　　琳蒂不假思索地答應了。她沒有其他的安排，而且股票表現很好，使她有錢可以花。凱西買了一條圍巾給媽媽，琳蒂也買了一條給自己。她們試了眼鏡跟參加派對可以穿的洋裝，她們在大頭貼機拍了一整串的蠢照。然後，她們買了軟蝴蝶餅，在美食街走來走去，每種試吃都吃兩遍。她們玩得好高興，琳蒂完全沒有想到斯蒂芙或小豪。「真希望妳放寒假的時候也在，」琳蒂搭凱西媽媽的車回到家時對凱西這麼說。

　　「對啊，」凱西說，「我們明年要常常一起出去玩。」

「明年？八年級嗎？」

「對啊，還有明年的一月開始。」

「喔！」琳蒂笑了，「對喔！」

　　隔天早上，她登入股票交易網站，發現爸媽的股票漲得更高了。她的爸媽都在工作，姊姊也還在睡覺。從圖表來看，股票正處於向上趨勢，而她有一整天的時間。帶著滿滿的自信，她決定讓自己從爸媽的帳戶再多借點錢。天啊，真的值得耶。到了晚餐時間，她已經大賺了2,000美元，就在短短一天內！剩不到一週就要過新年了，而且她的股票賺翻了。

恐慌性買進

　　然而，情況卻急轉直下。媽媽星期一休假，所以帶著兩個女兒一起去吃早午餐。琳蒂回家後，發現爸媽的投資組合在當天已經下跌6%，而且現在時間才上午十一點半。她還來不及脫掉大衣，就馬上連上新聞網站，網站顯示零售業者的佳節購物旺季遠不如預期，大銀行虧損創新高。「可惡，」她大聲說道。這類新聞會衝擊股市。她考慮賣掉所有股票，然後這一兩天暫時不要交易。不過，她聽到媽媽接近她的房間。

　　「壞消息嗎？」媽媽問道，她的大衣也還沒脫下來。

　　琳蒂關掉筆電，不讓媽媽看到螢幕，「我的股票下跌了。」

　　「跌很多嗎？」

　　「以幾個小時內來說，算很多。」

　　「一天之內，股市就可能風雲變色。」媽媽瞭解地說道。「這也是我很慶幸妳爸現在沒有在玩股票的原因。風險越大就可能虧越多。」

　　「對啊，」琳蒂吞下自己的罪惡感說道。

　　「我們來做點有趣的事情轉移注意力吧？我們可以去看電影，或是去逛崔西喜歡的服飾店，他們已經開始賣起春裝了。

崔西今天下午有別的計畫，所以我們可以做點特別的事，就妳跟我。」

「好像很不錯，」琳蒂這麼回答媽媽時，希望自己的語氣聽起來夠誠懇。「我可不可以在出發前，嗯，大概半小時前再看一下我的投資組合呢？今天市場波動很大。」

「喔，好啊。」媽媽在門口徘徊了一下，然後突然高興地說，「不然妳讓我看看妳買了哪些股票，」媽媽真心又充滿熱情地說道。「妳這麼投入，我連怎麼下載那叫股票什麼的都不知道。」

琳蒂可以想像她打開電腦時會跳出什麼畫面。螢幕會一清二楚的──即使是對一個以為必須「下載那叫股票什麼的」人──顯示她用了多少錢交易，還有她今天早上虧了多少。

「其實，」琳蒂說，「我覺得不看也可以。我們走吧。」

「妳確定嗎？我很好奇妳怎麼買賣股票耶。」

「對，」琳蒂說，「我想看隨時都可以看。既然妳在家，我們去看電影吧。」

薩克斯太太露出了微笑，把包包拎在肩膀上，「好耶，走吧！」

她們趕上下午一點的電影，然後去逛了幾間服飾店，回到家的時候，股市已經收盤了。而且情況比琳蒂想像得還慘烈。股票慘跌到她過去幾個星期賺到的錢都虧掉了。她所有的線圖都

像是雲霄飛車般，先是緩慢、穩定的上升，然後是讓人尖叫般地急墜。**才一天而已！**琳蒂憤怒地思考著。她在考慮是否應該把媽媽買給她的衣服上的吊牌都留著。

她最愛的交易部落格、報紙的財經版面的文章，都證實琳蒂不是唯一虧錢的人。今天對華爾街來說，確實是很慘的一天。股市創下一年多以來最大單日跌幅。部分專家認為，這是長期或甚至是大跌的開始。也有部分人的認為，這只是恐慌反應，股市很快就會出現反彈。

晚上她在刷牙時聽到電視新聞在討論這件事。她邊刷牙，邊走進客廳，坐在長沙發的扶手上。「你覺得呢，爸？」

薩克斯先生聳聳肩，「誰知道呢？我想應該多少會反彈一些吧。」

「現在可能是買進的良好時機，」琳蒂說，「如果股價會上漲的話。在低點買，在高點賣，對嗎？」

「沒錯，如果確定股價會上漲就簡單多了，但沒有人知道會不會漲。還好我上週聽妳媽的話收手了。」

爸爸看著琳蒂時，琳蒂強迫自己去想更快樂的事情，以免表情洩漏了她的想法。**和凱西一起出去、巧克力蛋糕、養猴子當寵物……**

「妳今天如何？」薩克斯先生問道，「大受打擊嗎？」

「對啊，」琳蒂承認道。

爸爸點點頭，摸摸自己的鬍子，「大家都是。」

「不過，我明天會賺回來的。」

「希望如此。」

你錯了。

過度樂觀[24]

　　隔天，她沒有賺回來，再隔一天也是。儘管琳蒂很想停下來，但卻越虧越多。新年的前一天，她整天都和父母在一起，看著電視裡的球落下，心中擔心他們的投資組合還要跌多少。新年終究並沒有那麼充滿希望。

　　馬格利斯先生一月一日晚上來上家教課。「如果你還是股票交易員，」琳蒂試著讓自己的語氣聽起來很輕鬆，彷彿討論的只是100美元的事，「整個市場持續下跌的時候，你會怎麼辦？就像過去這週？」

　　她的家教老師的眉毛因思考而抽動著。「要看，如果我只是一般的投資人——妳知道的，長期投資人——我應該會按兵不動。長期來看，市場會持續往上走。」

　　「那如果是短期呢？」琳蒂問道，**如果我需要賺回沒跟爸媽說就借來買賣的錢呢？**

　　「短期的話，我可能會盡可能地『避險』（hedge）。」

---

24. 原文章名"Feeling Bullish"在股市交易中也有「看多」「看好」的意思。

「避險？」琳蒂問道，「像是樹籬（hedges）嗎？」她想到後院的樹籬，在夏天時長得很快，要是爸爸一個星期沒修剪，就會侵入到鄰居的院子。樹籬和股票有什麼關係？

「不是，是讓妳的賭注避開風險。」馬格利斯先生解釋道。「意思是要保護自己，不要暴露在太多風險之中。也就是說，不要把賭注全拿來賭一種情況。」

「可是，你不是在賭博啊，」琳蒂說，「你是在買賣股票。」

「不過，買賣股票就是在交易啊，對吧？」馬格利斯先生聳肩說道，「妳買一家公司的股票時，賭的是這家公司會表現得很好，未來可以用更高價位賣出股票。買賣股票跟賭博沒有差多少，真的。涉及很多策略，但也需要要靠**很多**運氣。」

琳蒂頹坐回椅子上。當股票全都在上漲時，她並不覺得只是好運而已，而是感覺自己就是天生的買股高手。不過，或許全部都是因為好運。現在，她的好運用完了。

把重點放在交易策略吧！琳蒂樂觀地認為自己還是可以扭轉爸媽的投資組合正下滑的趨勢——在馬格利斯先生離開後，她熬夜到通宵，研究隔天股價可能會上漲的股票，就算只漲一點點也好。她回顧過去的交易記錄，查看表現良好的個股圖表，她瀏覽無數的投資網站與部落格。學校在一月三日開學，到時候她又會只剩午餐時間跟下課後可以進行買賣。甚至連體育課

都沒辦法查自己的股票，因為她還在跟斯蒂芙冷戰中。這意味著，明天是她把錢賺回來的最後機會。

現在時間是早上九點，再過半小時股市就開盤了。琳蒂沒有虧損的時間了。她打開電視，轉到 CNBC，然後打開《華爾街日報》網站首頁。她翻閱著自己昨晚做的筆記、重讀重要的圖表。九點二十九分，她把下單資料輸入，游標移到「輸入」鈕。

她做得到的。她準備好了。

23

賭一把還是認賠殺出

　　可是，股票市場不願意配合啊。琳蒂下的第一筆單是1,000股的 NJNR。她的圖表顯示 NJNR 在過去七天的九點三十至十點之間會漲1美元。琳蒂的計畫是在九點三十分整買1,000股，並二十分鐘後賣掉，希望可以賺1塊美元多，然後迅速賺回1,000美元。可是，到了九點三十五分時，NJNR 股價卻**跌得**比琳蒂買進時還低。

　　「不要慌張，」她告訴自己，同時拉出 NJNR 的股價線圖。她之前看到的趨勢很明顯。更仔細一點看，她發現在上週四，NJNR 的股價從一開始的前十分鐘短暫下挫，然後在十點時反彈回升。如果又是同一種情況——她希望是如此——那就代表，琳蒂不該只等股價回升，甚至該趁股價下跌時再多買一點。

　　所以，她又下了另一張單，買進500股的 NJNR。然後她等待著，緊張到膝蓋在發抖。她每五秒就看一次，但每過五秒 NJNR 又跌得更深。她想保持耐心，所以走去廚房，倒了一碗麥片。可是，她緊張到吃不下，在隨便撈了兩湯匙塞進嘴裡後，她把麥片泡在碗裡，回到電腦前面。NJNR 跌得更多了。

現在，她不但沒有賺到1,000美元，還虧了將近1,000美元。

「如果下次我更新頁面時還繼續下跌，」琳蒂發誓，「我就認賠殺出。」她數到十，然後按下重新整理鍵。

「太棒了！」她大叫。股價上漲了！雖然只是小幅上漲，但是方向是對的。她再更新一次頁面，然後站起來在房間裡跳舞。又往上漲了！琳蒂有信心那檔股票可以再漲十分鐘，於是把焦點放到下一步計畫裡。

這一步要操作的是一檔叫 FGY 的股票，股價表現好到她的投資組合裡已經持有5,000股。她的圖表顯示，即使 FGY 股價單日波動很大，但通常會在某個時間點上漲1美元左右。所以，她現在又買了5,000股，設定了限價單，股價上漲50分時電腦就會自動賣出。應該是很好、很安全的選擇，就像馬格利斯先生說的。

她設定好那張單後，走回廚房，把泡爛的麥片倒掉後再倒了一碗新的。這一次，她把整碗吃完了。她刷過牙——起床到現在她都還沒刷牙呢——然後換掉睡衣，穿上她的幸運服：她第一天開始買賣股票所穿著的運動服，那時她賺了17美元。現在回想起來，那一天感覺已經好遙遠。她真的為一天賺17美元這麼開心過嗎？那時候她真的最多只會虧掉100美元嗎？她現在不只是在不同的球場，而是在打完全不一樣的球賽。

到了九點五十五分，她查 NJNR 的股價，她預估股價會上漲，讓她可以獲利了結。可是，股價沒有上漲，反而下跌。而

且是**大跌**。

「不！」琳蒂大叫。她重新更新網頁，還是下跌。她刷新投資組合的主頁。她持有的每一檔股票都下跌。沒有任何東西是上升的，只有她的心跳。

到了十點，NJNR 的股價還是下跌。琳蒂放手再等十五分鐘，結果跌得更兇。她沒辦法再冒著虧損更多的風險。所以到了十點十六分，她含淚賣掉所有的 NJNR 股份。結果她損失了將近2,000美元。

這一天持續著同樣情況。幾次快速交易讓她賺回一些錢，可是整體來說，她還是越虧越多……越虧越多……越來越多越來越多。為了安慰自己並不是只有她虧得這麼慘，她讓電視停留在商業新聞頻道。可是，電視新聞並沒有給琳蒂想得到的訊息，新聞並沒有說今天股市再創新低，反而說今天股市表現其實相當不錯。這代表不是每檔股票都大幅重挫，只有琳蒂選擇的股票是如此。

「我必須把所有錢都賺回來，」琳蒂瞪著螢幕說道，「不然爸媽會殺了我，而且是我活該。」她哭了出來，可是她的眼淚只是讓股票網頁看起來一片模糊，眼前是一整片的滿江紅。

「我學到教訓了，」她流著淚說道，「我以後不會再用不屬於自己的錢了，再也不會了。我只想把錢賺回來。」

她突然想到自己最後的希望：FGY。她今天早上買了5,000

股，電腦現在應該已經全部賣掉，賺進利潤。雖然無法挽回所有虧損，但好歹可以彌補一點，而且可以讓她覺得自己沒那麼悲慘。

她用手臂擦擦眼淚，然後用塞滿鼻涕的鼻子吸了一大口氣。她點下 FGY。

琳蒂發出緩慢且痛苦的悲鳴。股票並沒有自動賣掉——因為股價根本沒有上漲。她所謂的安全選擇一點用都沒有，FGY只是一直往下、一直往下沉。她一直忙著處理其他股票的虧損，完全沒去看這檔股票，否則她應該會早點賣出，才不會虧這麼多錢。圖表看起來這麼可靠，她甚至沒有想到設定股價下挫時讓電腦自動賣出。可是，現在她非賣不可，因為她不能再冒著虧更大的風險。她下了這天最後一張單，把所有的10,000股賣出。她不僅沒有輕鬆、很有把握地賺到保證能賺到的3,100美元，反而是又虧了5,600美元。

她不知道爸媽發現了之後會怎麼做。如果他們要她把錢還回來，她要一直工作到五十歲，甚至還要更久才能還清，因為她把自己的大學學費也賠光了，沒辦法找到薪水太高的工作。或許她應該離家出走，省得爸媽還要供她吃穿。

儘管她害怕承認自己所做的事情，可是如果她需要建議，就必須要先向其他人坦誠。凱西不在，她的班機是今晚才會回來。雖然她還在生斯蒂芙跟小豪的氣，但她還是先登入聊天室看看有沒有人可以跟她聊聊，不過斯蒂芙放的離開狀態是：和

寶貝一起去購物中心用媽媽的錢血拼！

　　這訊息甚至讓琳蒂更不舒服了。顯然斯蒂芙無法幫任何忙，而且如果「寶貝」是她想的那個人，那小豪也沒辦法幫她。對他們來說，花爸媽的錢代表的是拿20美元去逛賣場。他們怎麼可能幫助琳蒂賺回她虧掉的那一大筆**爸媽**的錢？

　　只剩下一個人了——除了爸媽以外——她真正瞭解這個情況的嚴重性，而且不管她想不想，那個人和她一樣，正與這筆金錢有著重要的利害關係。她是琳蒂唯一的希望，而且，她人就在牆的另一邊。

24

枕頭救星[25]

「崔西，我需要妳的建議。」

「是喔，真的嗎？」崔西大方說道，但視線並未離開正在輸入的訊息，「我那麼多才多藝，妳需要我哪方面的專業，親愛的梅琳達？」她蓋上手機，把手機放在桌上，抬起頭，「噢，天啊，琳蒂，妳哭了嗎？」

琳蒂聳聳肩，但接著又點點頭。她感覺到又有眼淚流下臉頰，她用手背把眼淚擦掉。

崔西把床上的一堆衣服堆進衣櫃上。「來吧，進來。」崔西爬上自己的床，把她的很多顆枕頭倚著床頭板堆成兩堆。琳蒂的床只有一顆枕頭，是給頭睡的，但崔西有十幾顆，有各種不同的大小跟顏色。琳蒂常常懷疑崔西要怎麼在這麼多枕頭中找到地方睡覺。可是現在，她們倆肩並肩，靠著枕頭坐著，琳蒂很慶幸有它們。

「我做了一件很糟糕的事情，」琳蒂說，「爸媽如果發現了

---

25. 原文章名"Cashion Theory"於股市交易中，也有「緩衝理論」之意。指投資人放空賣出股票時，有可能在日後回補賣出部位的購員力。對股價反而有推升效果。

一定會把我殺了。」

「嗯，或許不必讓他們發現。」崔西說，琳蒂突然回想起她和姊姊以前有多麼親近，她又有多麼懷念那些時光。現在崔西一整天都在家，但她們倆連聲招呼都沒打。

「妳做了什麼？」崔西毫不修飾地問道，「跟我說吧。」

「真的很糟糕。」琳蒂重複說道。

崔西等待著。

「真的、真的、**真的**很糟糕。」

崔西還是靜靜地等著。

琳蒂嘆了口氣，「好吧。妳知道我生病的時候，媽跟爸給了我100美元去買股票？」

「我知道這件事。」

琳蒂閉上雙眼，繼續說道，「那個，一開始我只用100美元買賣股票，然後我操作得還不錯。」她繼續閉著眼睛說下去，告訴姊姊她如何瞞著爸媽、動用他們的投資組合交易。以及她一直都有賺到錢，直到幾天前開始虧掉所有賺到的錢，而且還虧更多。「我虧掉了很大一筆錢，小崔，」她張開雙眼，看著她的姊姊說道，努力的不讓自己哭出來，「是很大一筆。」

崔西沉默了幾秒沒說話，然後她轉過身問道，「虧多少？」

琳蒂倒吸口氣，那是她不想說但她知道不得不說的部分。「25,000美元。」

賣空

　　崔西的下巴以慢動作的速度往下掉，並垂在半空中，空氣也凝結了。整個房間的動作似乎都暫停了。

　　「25,000美元，」崔西重複道。「妳是說，2-5-0-0-0。妳確定？」

　　「我確定。」

　　崔西低聲說了一個可能會被爸媽罵的字。這和琳蒂惹出的麻煩相比，算是小巫見大巫了。

　　「妳存了很多錢……」，琳蒂開口說道。

　　「對啊，差不多500美元吧，不是25,000美元！」崔西的聲音開始大了起來，「妳知道25,000美元要存多久嗎？」

　　「那妳成年禮[26]的錢呢？」

　　「是啊，我成年禮收到不少錢，」崔西從床上跳起，開始在房裡踱步。她的枕頭也垮下來。「可是，那筆錢存進我的大學學費基金裡，我沒辦法動那筆錢。而且，跟25,000美元還差得遠。」

---

26. 成年禮（bat mitzvah），猶太人慶祝女兒滿十二歲舉行的典禮。

「還是我們去借錢？」琳蒂問道，「去銀行或哪裡借。」

「什麼？直接走進去要求借錢嗎？誰會借十四歲和十二歲的小女孩25,000美元？」

「我還是跟爸媽講好了，」琳蒂認命說道，「我會用工作償還，然後把所有成年禮收到的禮金都拿來還爸媽。」

「如果妳被爸媽發現虧掉了25,000美元，妳也別想辦成年禮了。」

琳蒂不懂崔西的意思是，爸媽會沒有錢辦成年禮，還是她會無法活到十三歲。

「潔姬的姊姊十八歲了，」崔西說，「我可以請她幫我們買樂透，那可能是妳最後的希望了。」

「妳會跟爸媽說嗎？」

「當然不會，」崔西說，「可是如果他們發現，妳就死定了。我覺得妳已經走投無路了、我想不到任何辦法。」

崔西在書桌前的椅子坐下，心情還是大為震驚，這時琳蒂又開始哭了。

「沒事的，小琳，」姊姊說道，「妳不是壞人，妳又不是**想把**所有錢都虧光光。人都有搞砸的時候，只是妳砸了一個大鍋。」

琳蒂雙眼紅腫地看著姊姊，覺得一點都沒有被安慰到。

「妳知道誰也砸鍋了嗎？」崔西搖著頭繼續說道，「夢幻吹風機公司。記得我跟妳說過，我想買的那個吹風機嗎？現在我

很慶幸沒有買。蕾安的媽媽今天早上吹頭髮的時候，吹風機壞了，害她媽媽差點被電死。她媽媽說不定會告那家公司。」

琳蒂抽抽鼻涕。她第一天發現自己不夠錢買夢幻吹風機的股票後，就忘了這間公司了。不過崔西提到，她才想到自己在電視上看過廣告，承諾這台吹風機能為護髮帶來革命。「就是妳說大家都想買的那支吹風機嗎？」琳蒂問道。

「**原本**想要的，沒錯。現在不想要了。他們準備盛大的上市活動，但現在可能得全部取消。他們總不能讓吹風機把人電死。」

「等等，」琳蒂說，**當沖客**的齒輪開始轉動，「這件事情今天早上才發生？上新聞了嗎？」

「我想應該還沒有，」崔西說道，「我才剛從蕾安那邊聽到。」

「可是，一旦新聞曝光了，夢幻吹風機公司就不能賣這項重要的新產品了，他們會虧掉很多錢，大家就不會再喜歡這家公司。」

「**我**就不喜歡了。」崔西說，「夢幻吹風機130-Z 差點就要改變我的人生。」

琳蒂沒有理會崔西誇張的說法，她跑回自己的房間，拿出筆電還有《傻瓜也能懂的股票投資書》。她可以感覺到自己開始熱血沸騰，她的身體和手指開始蠢蠢欲動。「如果我做得沒錯，」她說，「我很肯定夢幻吹風機可以幫我們把錢賺回

來。」

「呃，不是應該是相反嗎？」崔西說。她的聲音表達了她很清楚琳蒂一開始是怎麼虧掉那麼多錢。「我不是很懂股票，但我很確定，投資夢幻吹風機的人會**大虧**。」

「沒錯！」琳蒂用股票交易網站查詢夢幻吹風機的股價。「好，找到了。DDRY，51.73美元。」她點了一下，拉出一個圖表，它顯示過去一個月的歷史股價。「整體來說，這支股票是持續上漲的，包括今天。這代表還沒有人知道吹風機故障的消息！」

「琳蒂，別傻了。」崔西說，「這只代表股票還沒下跌。妳還想再損失25,000美元嗎？」

她不相信我，琳蒂心想。**等著看好了**。「叫什麼呢……是叫什麼呢？」她喃喃道，一邊翻閱著《傻瓜也能懂的股票投資書》。

「妳在找什麼？」

「找到了！」琳蒂先讀了一遍定義，然後大聲唸出來。「『賣空』。將借出的股票以高價賣出，然後以低價買回股票。賣空股票時……」她小心、緩慢地唸出最後一段，每唸出一個字，她臉上的微笑就越開心，「股價**下跌**時就可以賺錢。」

崔西張大雙眼，咀嚼著這些訊息的意義。「真的嗎？」她問，「原理是什麼？」

「舉例來說，斯蒂芙很想要……」琳蒂環視房間，看到自己角落打開的衣櫃裡有一雙溜冰鞋……「一雙溜冰鞋。」

「為什麼？」崔西，「溜冰鞋很小學生耶。」

「沒錯，假設斯蒂芙不知道這點，她覺得溜冰鞋很酷。所以，我借了妳的溜冰鞋，然後賣她20美元。」

「嗯……」，崔西說。

「她用了幾次之後，最後發現溜冰鞋沒那麼酷了。」

「因為就是不酷啊。」

「所以我跟她說，『我把溜冰鞋買回來吧，用10美元。』然後我把溜冰鞋還給妳，而我賺到額外的10美元。」

「因為她給妳20美元。」崔西慢慢地說道，「妳用高價賣出，然後用低價買回，這樣就賺到錢了。妳也可以用夢幻吹風機做同樣的事嗎？」

「我以前沒做過，」琳蒂說，「可是，應該不會太難。基本上我必須要從股票交易網站借一些股票，然後現在賣掉，因為股價很高。新聞曝光後，股價應該會一路下滑，然後我再把股票買回來，還回股票，賺到錢。」她看了一下筆電上顯示的時間：下午三點四十五分。距離收盤還有十五分鐘，如果吹風機故障的消息在今晚曝光，等到明天早上再借股票可能就會太晚了。

崔西看著琳蒂緊張的在「求助」網頁上搜尋，尋找如何借券賣空。這時前門的聲音讓她們倆靜止不動，面面相覷。

「媽回來了，」崔西說，「我幫妳引開她的注意力。」

「好，」琳蒂說。

「祝妳好運。」

「謝謝。」

琳蒂聽到崔西走進客廳，開口說，「媽，妳的新年新希望是什麼？」琳蒂差點笑了出來，但她還有更重要的事情要擔心。

下午三點五十七分，琳蒂已經知道怎樣下單賣空。她拉出DDRY 的即時報價，確定股價還是很高。的確還是。然後她小心翼翼地輸入所有資訊。如果真的成功，等吹風機故障的消息一曝光，她就可以賺回爸媽帳戶的錢。如果失敗，帳戶裡虧損的錢會加倍。可是，這是她最有利的機會了。

在股票收盤的前一刻，琳蒂十指交叉，按下 Enter 鍵。

26

晚餐時的煎熬

　　儘管琳蒂有時會覺得她和姊姊來自不同的宇宙，但她們的確有幾個共通點。其中之一，就是她們都很沒耐心。對崔西來說，在等待隔天股市開盤看 DDRY 這支股票會發生什麼事的痛苦程度和琳蒂一樣。琳蒂會知道這點，是因為崔西和她一樣，晚餐只吃了幾口。而這是她們倆的另個共通點，這對姊妹一緊張就沒胃口。現在，她們將有第三個共同點：擔心自己的家很快就要破產。

　　「女孩們，怎麼了？」媽媽問道，「上次我做這道雞肉時，妳們狼吞虎嚥地吃光了耶。」

　　「而且妳們一直都很喜歡我的加料馬鈴薯泥。」爸爸補充道，「而且今晚料加得**特別多**。」

　　「加了特別多的什麼？」媽媽問道，叉滿馬鈴薯泥的叉子懸在盤子與嘴巴之間，等待著爸爸的答案。「奶油嗎？」

　　「還有愛。」薩克斯先生說。

　　薩克斯太太抿嘴笑了出來，又翻了個白眼，但他們的女兒似乎都沒注意到。

　　「妳們還好嗎？崔西，妳沒被感染到琳蒂的 mono 吧？」

「最好不要被感染到，」崔西說，她吃了一小口馬鈴薯泥。

「妳還好嗎？小琳，」媽媽問道。

琳蒂看著自己的盤子，慢慢地咀嚼著嘴裡的食物。這或許是她的機會，如果她說自己又不舒服了，可能可以在家多待幾天，可以有更多時間交易來爬出自己挖的深坑。可是，萬一她的股票像過去幾天一樣持續下滑，把坑挖得更深怎麼辦？那麼她可能就得開始挖自己的墳墓了。

「我很好，」琳蒂微笑說道，試著不讓爸媽看出她已經在想像自己的喪禮。

持久戰

　　琳蒂早上做的第一件事情，就是上 Google 搜尋夢幻吹風機，看看昨晚有沒有什麼消息曝光。什麼都沒有。搜尋結果的第一個連結，是夢幻吹風機的官方網站，網站首頁還有一支花俏的影片，描述新款吹風機130-Z 是「革命性的力量」。現在查股價沒意義，除非消息曝光，否則股價不會有什麼波動，而她至少必須專心上課。

　　午餐時間琳蒂到電腦室，發現還是沒有任何消息。她坐在電腦室裡，漫無目的的在網路上亂晃，直到上課鐘聲響起。她走出電腦室，把午餐丟進垃圾桶。

　　在數學課時凱西給了她一個大擁抱，琳蒂問她玩得如何。

　　「妳還好嗎？」凱西問道。

　　琳蒂不知道該怎麼回答，所以很慶幸老師在這個時候叫大家坐好開始上課。

　　讓她驚訝的是，斯蒂芙在體育館更衣室遇到她的時候，也給她一個擁抱。「梅琳達！」她說，「放假的時候我好想妳喔！」

　　真的假的？琳蒂心想。

「我要跟妳說一件重要的事，」斯蒂芙繼續說道。「我覺得我戀愛了。」

琳蒂忍不住翻了個白眼，不過她在看到斯蒂芙臉上掃過一絲受傷的表情時又覺得有點愧疚。「和小豪？」她問道。

「 」斯蒂芙說，「我沒有冒犯妳的意思，但妳不在的時……他變得很不一樣，我們之間的感覺……」斯蒂芙的眼睛搜尋著更衣室，尋找適合的形容詞，「很神奇。」

如果這番對話發生在幾天前，琳蒂應該會有很多話要說，而且不會是什麼好聽的話。不過，今天，她有更重要的事情要擔心。「那很好啊，」琳蒂說，「我可以借妳的手機用一下嗎？」

斯蒂芙雙手環抱在胸前，盯著琳蒂看了五秒鐘。她的雙眼瞇起，嘴唇緊抿。

「可以嗎？」琳蒂說，「真的很重要。」

斯蒂芙的手伸進袋子裡，拿出手機。琳蒂接過手機後，斯蒂芙搖搖頭走掉了。

琳蒂在收訊人欄位裡輸入崔西的手機號碼，然後輸入訊息：

崔西是我琳蒂，有聽到任何消息了嗎？

她在更衣室裡徘徊，等待崔西的回覆，一直到體育課老師開門叫大家都出來上課。琳蒂把手機丟到自己的置物櫃裡，然後

跑了出去。她帶球上籃，但整節課都沒有成功，因為她全部的心思都在手機和崔西的回覆上。

回到更衣室後，她在換回牛仔褲前看了一下手機。崔西回覆了。

有！！蕾安的媽媽接受新聞採訪了。今天晚上會播。我們應該沒事了！！！

蕾安的媽媽接受新聞採訪……代表消息傳出去了。一旦消息曝光，夢幻吹風機的股票**應該**會開始大跌。一旦夢幻吹風機的股票大跌，琳蒂的投資組合價值又會回升。一旦回升，她就可以把所有持股都賣掉，她的爸媽就不會知道發生過什麼事。然後，她就不再碰股票了。

「手機可以還我了嗎？」斯蒂芙問道。她已經換回原本的衣服，頭髮放下，才剛剛梳過。

「好了，」琳蒂說，「謝謝。」

「隨便妳。」斯蒂芙說。她拿了手機後轉身離開。

28

好消息來了[27]

　　姊妹倆放學後都直奔回家。琳蒂登入股票交易網站，崔西則站在她的背後，夢幻吹風機的股價已經從51.73美元，也就是琳蒂賣空的價位，跌到47.12美元。

　　「跌了，」琳蒂說，「我們的股票價值上漲了。也可能只是一般的波動，不過波動幅度蠻大的。」

　　「什麼意思？」

　　「意思是可能只是剛好下跌，之後會漲回來。或者也有可能是股票大跌的開始。」

　　「不過目前為止，」崔西說，「我們賺到錢了？」

　　「賺了一些……」

　　「如果股價暴跌……」

　　「就會賺很多錢。」

　　崔西搓著雙手，「快啊，快跌。」

　　媽媽打電話回家說今天晚上會比較晚下班，正好如了琳蒂與

---

27. 原文章名"Up Volume"在股票交易中，亦有成交量上升之意。

崔西的意。她們把功課攤在咖啡桌上，打開電視機等待新聞。兩個人都沒說太多話，可是，她們都同樣緊張不安，所以感覺團結一心。

琳蒂在寫科學課作業的最後一題時，她聽到期待已久的關鍵字。

「當地一家美容院的老闆在試用時下最夯的新吹風機時，沒想到卻大吃一驚。五點鐘的新聞將有完整報導。」

姊妹倆瞬間抬起頭，崔西開始用筆彈著英文課的檔案夾，「就是這個、就是這個，」她說，「轉回去，轉回去。」

琳蒂倒轉回去，廣告又出現了。這一次她們全神關注。

「當地一家美容院的老闆在試用時下最夯的新吹風機時，沒想到卻大吃一驚。五點鐘的新聞將有完整報導。」電視播出主播的聲音，畫面是一名女子站在美容院前說話，並對著鏡頭秀出吹風機。

「那是蕾安的媽媽，」崔西尖叫。「那就是夢幻吹風機130-Z。」

「五點，」琳蒂說，她看了一下時間，「現在才四點十五分。」她哀嚎道。

「噢，時間，」崔西說，「為何汝如此折磨吾輩？」

琳蒂揚起眉毛，看著姊姊。

崔西聳聳肩笑說，「抱歉，」她指著英文課的檔案夾，「莎士比亞單元。」

接下來每一分鐘都感覺無比漫長，不過，五點的整體新聞終於要播出了。崔西用伊莉莎白時期的英文，感謝那則新聞在新聞開始的五分鐘內就播出。「吾之精神與膀胱，無容再等待另一刻了！」她大叫道。

　　「當地一家美容院老闆在試用夢幻吹風機公司的最新款吹風機時，不料卻被嚇得大驚失色。」新聞主播說道。

　　新聞畫面切換到夢幻吹風機的廣告，上頭的廣告台詞打著「準備好迎接護髮新革命。」

　　「轉大聲一點！」崔西大喊。琳蒂笨拙地找出遙控器，崔西把遙控器搶了過來，將電視音量轉大到整個街區都聽得到。

　　「夢幻吹風機公司的最新產品，」主播繼續說道，「130-Z原先預計在下週推出上市，美髮界正準備迎接這場盛事。該公司的專利新科技，是運用離子將頭髮吹乾，其速度為一般吹風機快五倍，同時又能讓頭髮如絲質滑順不毛躁。然而，凱薩琳·安東妮亞，也就是米德菲爾德（Midfield）安東妮亞髮廊的老闆，卻差點被這台吹風機電死。」

　　這時新聞畫面切換到美容院，蕾安的媽媽站在一排髮型產品前，她的髮型梳得很完美。「我在兩個月前拿到這台130-Z——他們給一些髮廊老闆樣品機試用，想要用來引發市場討論。這支吹風機讓我很驚艷，一直到昨天，」她用手指輕捏著一支吹風機給鏡頭拍攝，彷彿吹風機隨時可能會爆炸。「我當時在吹頭髮，吹風機的溫度開始變得很燙。我的頭皮也感覺快

燒起來了，而且把手也開始變熱。我試著把吹風機關掉，可是都關不掉。我只好把吹風機丟到檯子上，結果吹風機的背後開始冒出火花。」

有著蕾安媽媽的新聞畫面停住，縮到了電視螢幕的角落，主播的畫面又出現了「安東妮亞小姐這次毫髮無傷，但誰知道其他人是否能如此幸運。夢幻吹風機公司發言人發表以下聲明：『本公司對安東妮亞小姐使用本公司產品時所遭受到的不幸遭遇深表抱歉。請放心，我們正針對本次情況進行調查，敝公司將盡一切努力確保產品的安全性。』」

新聞主播順了順桌上的稿子，然後調整一下椅子後看向另一個鏡頭。蕾安媽媽的影像被一個兩層樓房屋的畫面取代了。「上個月新屋銷售微幅增加」，主播說道。

崔西關掉電視，跑去浴室。回來之後，她滿臉期待地看著琳蒂，「那麼，我們變有錢了嗎？」

「什麼？」琳蒂說。「還不知道，因為股市收盤了。」

「收盤了？」崔西問道。

「對，下午四點收盤。」

「四點？那什麼時候還會再開？」

「明天早上。」

崔西的表情介於哀傷與疑惑之間，太悲慘難熬了。這讓琳蒂忍不住笑了出來。「不要擔心，」她說，「希望今天消息就會傳出去，明天股票就會開始大跌。」

29

宣告成果

昨晚新聞消息的確傳出去了。今天早上登在《明星紀事報》第二頁，搭配蕾安的媽媽一臉嚴肅盯著讀者、手上拿著130-Z的大照片。琳蒂洗完澡，用 Google 搜尋夢幻吹風機時，她發現《華爾街日報》也有一小段報導，說夢幻吹風機公司可能需要召回130-Z 型號的機種，而且，根據該篇報導，這個說法已獲得「創投集團龍頭」的證實。

午餐時間，她到電腦室時，那篇文章已經出現在《華爾街日報》網站首頁，標題是〈商品召回威脅夢幻吹風機公司產品〉。她飢渴地閱讀那篇報導、貪婪地讀著報導裡的細節，不只是蕾安媽媽拿到的試用吹風機冒出火花，顯然地，至少還有五個人拿到有問題的吹風機樣機。現在新墨西哥州又有一名美髮師嚴重燒傷。夢幻吹風機公司正式召回130-Z 機種，並「將眾所期待的產品延後上市，靜待進一步通知。」

琳蒂把文章用電子郵件傳給崔西，並附上最新的股票報價：DDRY 下挫至32.32美元，在半天內下跌了31%，而且新聞才正要開始鬧大。她知道自己應該為新墨西哥州的美髮師感到遺憾，但她卻覺得興奮到發狂。琳蒂已經把虧掉的錢賺回一半。

拜託，她祈禱著，**讓 DDRY 再跌10美元吧。這樣我就可以把所有錢都賺回來了。**

琳蒂和崔西那天下午都沒辦法專心做功課，直到媽媽下班回家，她們的眼球緊盯 CNBC。節目中有個瘋狂的人對著螢幕丟東西，要大家「脫手！脫手！脫手！」另個捲髮主播表示對夢幻吹風機130-Z 的失敗感到失望。「我看我還是只能再等下一波護髮革命了，」崔西嘆口氣說道。

媽媽走進屋裡，發現姊妹倆抱在一起跳上跳下，看起來相當可疑，不過崔西靈機一動，跟媽媽說她正在教琳蒂一種新舞步，而且她**不敢相信**琳蒂還不會跳。「琳蒂應該感謝我把她帶回二十一世紀，」她說，「如果學校的人發現她沒聽過跳跳抱抱舞，她一定會被排擠。」

到了收盤時，DDRY 已經跌到每股23.90美元。姊妹倆都很急著要將股票脫手，但琳蒂說服崔西再等一等，她很確定股價不會有任何戲劇性的反彈。她在股票交易網站設定好，一旦股價回到25美元，就出清她所持有的部位，這麼做只是以防萬一。因為明天她在學校時，預計股價還可能持續下跌，因此她也下了另一張單，如果 DDRY 跌到21美元，就結束賣空。她有預感股價還會跌得更低──代表她可以賺更多錢──但她不想讓自己太貪心──這就是一開始讓她落到這般田地的原因。DDRY 的新聞鬧得這麼大算她走運，負責任的作法是保持感

激，獲利了結，然後離開，永遠離開。

　　琳蒂早上的課都無法專心。她在時鐘走到早上九點時雙手交叉祈禱。到了午餐時間，她走到電腦室，查詢 DDRY 的價格。在看到股價時，她臉上浮起微笑：19.50美元。琳蒂攤坐在椅子上，鬆了好大一口氣。她可以想像崔西在半個城鎮外的高中電腦室裡做著同樣一件事。一個對的賭注，一個幸運的舉動，她們把琳蒂虧掉的每分錢都賺了回來。

　　琳蒂好開心，好放鬆，原本可能發生的結果嚇得她不知所措，但是現在她成功躲過了。琳蒂登出電腦，走到女廁裡，把自己關在其中一間廁所，哭了起來。

第三部

30

危機送達

　　琳蒂和凱西說了自己的驚險遭遇，不過，那是幾個星期之後的事了，在她脫手所有股票，並信守不再回頭的承諾後。

　　斯蒂芙和小豪仍舊沉浸在幸福肉麻的粉紅泡泡裡，不過琳蒂不在乎。她每天都和凱西一起吃午餐，每週有幾天下課後兩人再一起出去晃晃。她和姊姊崔西在那段緊張的日子裡所培養的革命情感也沒隨著時間而消退，她們的感情好到爸媽幾乎要開始懷疑。即便她已經將所有股票脫手，而且自從那天起就沒有再登入股票交易網站。有幾回琳蒂看到新聞頭條說股市波動似乎還是很大，她很慶幸自己不必再為此擔心。

　　凱西聽完她的故事後問道：「妳覺得自己以後，還會再買賣股票嗎？」

　　她們在琳蒂的家，原本應該一起寫數學作業，但她們卻一邊吃爆米花一邊看網路影片。

　　「我不知道，」琳蒂說。她把手指上的奶油舔掉。「那真的很刺激，有一段時間我還蠻上手的。或許等我成年，很有錢的時候吧。」

　　「但妳不會投入所有錢。」

「肯定不會。只會投資一些。我想要一直很有錢。」

「妳別見怪喔，」凱西說，「但妳真的很走運。」

「噢，我知道。」琳蒂回答時張大雙眼，搖搖頭。「相信我，我很高興這一切已經結束了。」

這時門鈴響起，崔西從微開的房門裡大喊：「我來開門。」

但原本躺在地上的琳蒂已經起身，「沒關係，」她說，「我去開門。」

「不！」崔西的門一下子打開，但她還沒從房裡出來。琳蒂可以聽到她跑來跑去的聲音。「讓我去開。」

琳蒂揚起眉毛，看著凱西。現在她想知道崔西是在等誰。「別擔心，」她一派輕鬆地喊道，「凱西和我會去開門。」凱西張大嘴巴，琳蒂大笑。她跑去走廊，揮手要凱西跟上。

「琳蒂！妳敢！」崔西說。姊妹倆在走廊上狂奔，崔西試著把琳蒂往後推，琳蒂則張開雙臂擋住她。到了客廳，崔西抓住琳蒂 T 恤的背後，把她甩到沙發上。門鈴又響了一次。

「是誰？」琳蒂大喊。

崔西回頭用嚴厲的眼神瞪了她一眼後，再順順上衣，抖鬆頭髮，伸手握住門把。

門後傳來一名女子的聲音，「執達員[28]。」

三個人的頭都歪向一邊，凱西在客廳的入口，琳蒂在沙發

---

28. process server；工作包括幫法院傳遞法律文件。

上，崔西在門邊。

「什麼？」崔西問道。

「執達員，」女子重複道，「請問蓋瑞·薩克斯在家嗎？」

「那是什麼？」琳蒂小聲說道，「有人要找爸爸？」

「我也不知道，」崔西小聲回道。她走到客廳的窗戶，透過窗簾偷看外面。「是一個穿套裝的女人，」她說，「說不定是爸的同事？」

「別開門。」琳蒂說。

門鈴又響了一次。

崔西走回門邊，手停在門把上。然後，她轉動門把，把門打開。一名身材嬌小、穿著藏青色西裝與米色高跟鞋的女子站在那裡。「妳好，」她說，「薩克斯先生在嗎？」

「不在，」崔西說，「我是說，現在他不在家。」

琳蒂從沙發上站起來，在崔西後面徘徊，好看到那個女人。

「我是執達員，我是來送一些法律文件給他的。我可以把文件交給妳嗎？」她拿出一個法律公文大小的信封。

「呃，」崔西說，「應該可以吧。」她接下信封，看了上面的地址和名字。的確是要給爸爸的，好吧。

「可以請教妳的名字嗎？」女子說道。

「崔西，」崔西回道。

「謝謝妳，崔西。請務必將文件轉交給薩克斯先生。」她對琳蒂微笑了一下，轉身走回停在街邊的亮黑色汽車。

三個女孩面面相覷，「剛剛那是怎麼回事？」

　　「我也不知道。」崔西說。

　　「爸爸惹上麻煩了嗎？」琳蒂問道。

　　「可能只是工作要用的東西。」崔西說。可是琳蒂看得出來姊姊也很緊張。從來沒有人把爸爸工作相關的東西送到家裡來過，也從來沒有看起來這麼嚴肅的人到家裡找他過。

　　「我該回家了，」凱西說。

　　「不用啦。」琳蒂說，凱西不必回家，真的。信箱裡的內容可能一點關係也沒有。而且，爸爸還要過好幾個小時之後才會回家打開信封。可是，這個信封的到來改變了大家的心情，琳蒂知道凱西如果留下來也沒有什麼好玩的了。這個信封已破壞了那天下午的心情，崔西把信封放在咖啡桌上，走回自己的房間。

　　「沒關係，」凱西說，「晚點再打給我，如果妳有空的話，或我明天再找妳聊天。」

　　琳蒂看著凱西從玻璃門走出去時，有另一台車停在私人車道上。不是又黑又亮的車子，而是一台很大、有凹痕的老車。轟轟隆隆地開了進來，停車時發出啵啵啵的聲音。接著引擎聲戛然而止。琳蒂希望車子不會這麼就壽終正寢了。駕駛走出來，琳蒂露出得意的笑容。是一個身材高挑瘦長的男生，一頭亂亂的黑髮，他還得把頭髮從眼前撥開。他拿著　個檔案夾，可是不像剛剛收到的信封那麼正式的感覺。崔西在等的肯定是這個

人，而且他開車來，代表他至少十六歲了。

「嘿，」他踏上門階時說道，「這個是要給崔西的。」他拿起檔案夾。

壞妹妹拿到檔案夾後會讓這個男生直接離開。好妹妹會去把崔西叫出來，什麼都不問。琳蒂做一個好妹妹就滿足了：她請那個男生等一下，不過，先問了他的名字。

她走向崔西的房間時，她的視線被執達員送來的信封吸引了。她一邊思考裡面會是什麼，胃也一邊翻攪著。

31

內線交易

「你還說你沒交易。」

「我沒有啊！我最近一次交易都沒有。」

「網路帳戶也沒有？」

「沒有，親愛的。我從新年之前就沒有**登入過**帳號了。」

琳蒂和崔西站在走廊上，各靠一邊的牆，聽著爸媽在廚房裡吵架。琳蒂張大眼睛，驚恐地看著姊姊。她們不知道信封裡裝了什麼，可是顯然和股票有關，而且聽起來是壞消息。很壞的消息。

「這種調查通常需要很多年，」薩克斯先生說。「有可能是我十年前交易的什麼。只是我十年前也沒錢買股票……」

「這不是十年前的事，蓋瑞。」薩克斯太太說，「是今年一月初的事情，日期就寫在這裡。」

「我沒聽過這種調查會進行得這麼快，或許日期錯了。」

「我倒希望這整件事都錯了。」

薩克斯先生抱住太太，但她不為所動。「一定是搞錯」，」他說，「我跟妳說過，我完全沒有買賣股票，更不用說非法賣空。」

崔西瞪著琳蒂，用嘴型說道，「非法賣空？」

琳蒂搖搖頭，緊張地聳聳肩膀。她的賣空是非法的？

「簡單的買賣股票我都不太懂了，我怎麼會知道怎麼做這種邪惡天才搞的內線交易？」

琳蒂吞了一口口水。**邪惡天才？**她看向廚房。

「我可以向妳保證，」薩克斯先生從太太僵硬的手指間取過信件，然後從第一頁開始讀起，「我沒有違反1933年證券法的第十七條第一項，或1934年證券交易法的第十條第二項。」他對太太微笑，「妳不覺得這些條文有點過時了嗎？」

薩克斯太太並沒有回以微笑。

「他們一定是要找另一個也叫蓋瑞·薩克斯的人。想想看，這世界有多少個蓋瑞·薩克斯。或許他們是要寄給高盛（Goldman Sachs），那個大型投資銀行。」

或者是這屋裡另個也姓薩克斯的人，琳蒂心想，心情越來越沉重。

薩克斯太太不覺得好笑，「打電話給他們，把事情說清楚。」

「我會的，可是現在太晚了。我明天早上一起來就打這個號碼。」

「或許你應該先打給律師。」薩克斯太太說。

崔西往後縮，而琳蒂感覺快哭了。爸爸需要找律師？他會被關起來嗎？

「或許吧。」薩克斯先生說,「請律師打電話給他們應該也沒關係吧,只是以防萬一。」

「打給你姊。」薩克斯太太說。

「親愛的,她處理的是兒童監護權的案子。我想她應該不懂內線交易。」

「她可能有什麼人脈。」

「好吧,」薩克斯先生說,「可是,首先我要登入我的帳號,看看發生了什麼事。看看上面寫的日期有沒有交易記錄。或許有人駭進我們的帳戶?」

崔西和琳蒂面面相覷。

「我們要怎麼辦?」崔西小聲說。

「我不知道,」琳蒂小聲回應。

爸爸穿過她們中間,走過走廊去拿筆電。「嗨,女孩們。」他說。

「爸,發生什麼事了?」崔西問道。

「不用擔心,小甜心。只是有些股票的事情有點誤會。」

「什麼樣的誤會?」琳蒂問道。

媽媽走到走廊,「別擔心,女孩們,讓爹地好好解決就好。」

琳蒂的眼淚流下來,媽媽從來沒有用「爹地」稱呼爸爸,除非發生了什麼壞事。「你會被關起來嗎?」琳蒂說。

爸爸笑了,但媽媽沒有笑,似乎媽媽也想知道答案。

「我當然不會被關起來！」薩克斯先生說，他親了一下琳蒂的額頭，「好啦，」他說，主要是對著太太說，「美國證券交易委員會認為我做了一些非法的股票買賣。可是，我好幾個月沒買賣股票了，我現在就要證明給媽媽看。」

崔西用手肘用力頂了一下琳蒂，兩人跟著爸媽走到餐桌。爸爸拉出股票交易網站，登入。琳蒂知道自己應該說些什麼，但她還是說不出來。她看著、等著，心臟砰砰地跳。

「看到這裡的數字嗎？」薩克斯先生說，指著帳戶裡的金額。「帳戶裡的金額跟我上次登入時記得的差不多。所以無論如何，我都沒靠這筆交易賺好幾百萬元。真可惜。」他開玩笑說道。

沒有人笑。琳蒂幾乎無法呼吸。

爸爸一邊吹口哨，一邊打開帳戶，點選交易歷史，他看到前一個月的交易活動時，口哨聲突然轉成單調的低音。

「那是什麼？」薩克斯太太問道。

「呃，」他回答道。他靠近螢幕，然後嘆口氣後，整個人往後靠。「帳戶的確在幾個禮拜前靠賣空這檔股票——DDRY——賺了30,000美元。看起來……」他捲動交易歷史頁面，「看起來，我們先虧了差不多金額的錢，然後幾天後有人靠這筆空單賺回來。」

「有人？」薩克斯太太說，「是誰？**有人**在**玩我們**的錢嗎？」

「一定是有人駭入我們的帳戶。」薩克斯先生說,「不過賺了那麼多錢,然後還留在戶頭,是蠻奇怪的。我想我們還是需要律師。」

薩克斯太太高聲呼喊,搓著自己的臉。

崔西原本一直緊握著琳蒂的手,此時卻把手抽回來,她開始要切斷這個連結了。

「這實在太奇怪了,」薩克斯先生皺眉看著螢幕說,一邊搓著自己的鬍子。「不知道是怎麼發生的。」

「不是你做的嗎?」

「不是我,」薩克斯先生說。他的聲音充滿了驚訝,「事情是發生在我的帳戶沒錯,但是他們找錯人了。」

琳蒂鼓起勇氣,「沒有錯,」她說,「他們要找的人是我。」

32

做多與放空

　　三天後，薩克斯一家人坐在餐桌旁，同桌還有專精證券法的法蘭欣・霍桑律師。她看起來很嚴肅，棕黑色的頭髮緊緊地向後綁了起來。她的棕色眼球嚴肅地穿過無框眼鏡，她的嘴抿成一直線，完全沒有露出一絲微笑或不悅。

　　琳蒂已經全盤托出，把事情一五一十地告訴霍桑律師。現在，霍桑律師是來告訴他們情況有多糟。

　　「我不想騙你們，」霍桑律師說，「這是個棘手的案件。」

　　「琳蒂才十二歲⋯⋯」薩克斯太太說。

　　「可是她用蓋瑞・薩克斯先生的帳戶交易，」霍桑律師插嘴，「而且，薩克斯先生不是十二歲的小孩。不過，我們回想一下，這案子的優缺點[29]。」霍桑律師淺淺地笑了一下，「證券法的笑話」。她發現沒人笑時又繼續說道，「美國證券交易委員會，又稱 SEC，是在經濟大蕭條之後成立的，目的是為了管理股票市場。目前還在運作中，確保沒有人利用不法手段

---

29. 霍桑律師講了個雙關語的笑話。long and short 除了有優點與缺點的意思，在股票交易中 long 與 short 分別代表的是「做多」與「放空」之意。

獲利，傷害投資人或經濟制度。這封信的意思是，證券交易委員會的執法部正在調查薩克斯先生，原因有二：『內線交易』與『非法賣空』。

「證券交易委員會長期以來，致力落實於打擊這兩項犯罪行為，可能你們最近在報紙上看到有關內線交易的案件。或許你們聽過克里斯多福・奈特？」

琳蒂和崔西呆呆地地盯著她看，但爸媽雙雙點頭。

「他是那家火車公司的助理。」薩克斯先生說。

「沒錯，」霍桑律師說，「他是中央鐵路公司執行長的助理，他知道公司即將與北鐵合併，將會帶動股價大漲。所以他先以低價買進一大批股票。併購消息傳出後，股價的確大漲了，然後他再把所有持股賣出，賺了將近100萬美元。他賺的這筆錢，是靠他在中央鐵路公司上班時所得到的資訊，而且是屬於機密的資訊而來。這就是為什麼證券交易委員，會以內線交易為由將他起訴。」

琳蒂內心充滿了疑惑。現在她知道內線交易是什麼，而且是違法的，她也知道為什麼克里斯多福・奈特會惹上麻煩。可是，她不是夢幻吹風機公司的員工，而且她不知道自己掌握的消息是機密資訊。差異顯然很明顯，但她太害怕霍桑律師了，所以什麼都不敢說。

幸好，琳蒂的媽媽並非如此。「琳蒂不是夢幻吹風機公司的員工，天啊，她才七年級。而且她沒有得知機密資訊的管道。

她只是聽說同一個小鎮裡其他人發生的事，那是公開的小道消息，不是公司的最高機密。」

　　霍桑律師的嘴唇抿得更緊，琳蒂覺得她可能是想擠出一個微笑。「的確，琳蒂不是夢幻吹風機公司的員工。克里斯多福・奈特所犯下的，是最典型的內線交易。他是法律上所說的『公司內部人』，因為他是公司員工，可以直接接觸到機密資訊。不過，還有兩種情況，也會被歸類為內線交易。其中之一，是和該公司有生意往來，因而成為『暫時內部人』。所以，如果該公司聘請另一家公司幫忙製作廣告，廣告商就會成為暫時內部人。或者，該公司聘請另一家公司的會計或律師，會計與律師也就會成為暫時內部人。因此，當公司股價大漲大跌時，證券交易委員會就會調查有誰在大消息宣布前進行交易，並將名單交給該公司，看其中有沒有認得的人。」

　　「所以呢？」薩克斯太太說，「琳蒂沒有擔任夢幻吹風機公司的任何職位啊。他們怎麼會認得她的名字？」

　　「他們不會認得。可是，記得，以文件作業來看，交易的並不是琳蒂・薩克斯，而是蓋瑞・薩克斯。他們認得蓋瑞・薩克斯的名字。因為他曾替夢幻吹風機公司工作過。」

　　這會兒大家全都看向薩克斯先生。他歪著頭，瞇著眼。「什麼？」他說。

　　「根據證券交易委員會的資料，」霍桑律師說道，「您任職的『卓越顧問公司』，自去年八月起和夢幻吹風機公司展開合

作。」

「有嗎？」他說。

「您不知道嗎？」霍桑律師問道。

薩克斯先生搖搖頭，揚起眉毛。「我們公司有五百名員工。無論何時公司的合作對象都超過五十間公司。沒有參與專案的人不會知道有這個合作案。」

霍桑律師以大量的筆記，將薩克斯先生說的話記下。「您從未參與夢幻吹風機公司的專案？公司從名單中認出您的名字，所以您的名字應該在他們的紀錄裡。」

「夢幻吹風機……」薩克斯先生隔著鬍鬚搔搔下巴。「喔，等等，他們製造很多種洗髮精跟其他產品對不對？吹風機，還有什麼的我想不起來了？」

「爸，」崔西說，「你怎麼可能沒聽過夢幻吹風機？」

「他們沒有製造洗髮精嗎？」

「有！還有很多其他產品，」崔西說，「媽，妳用的洗髮精不就是夢幻吹風機公司的嗎？」

「對啊，」薩克斯太太說，「蓋瑞，你用的也是。你每天抹到頭髮上的時候都會看到罐子。」

薩克斯先生彈彈手指，「我就覺得那個 Logo 很眼熟嘍！」

琳蒂瞪大雙眼。她問霍桑律師，「如果用夢幻吹風機公司的洗髮精，也算是暫時內部人嗎？」

「不，不。」爸爸立刻說道，「我的確有經手夢幻吹風機公

司的專案，只做了幾天。那是好幾個月前的事了。他們聘請卓越顧問公司幫助他們處理員工福利的事情。我去那裡的時候覺得這家公司的 Logo 很眼熟，但就是想不起來在哪裡看過。」

「爸，你竟然想不起來早上才用過的洗髮精牌子，」崔西搖搖頭。

不過霍桑律師還是集中焦點，「所以，您參與過那項專案？」

「我去過一次或兩次他們的辦公室，」薩克斯先生說，「可是，有另一間公司有更大的專案，需要比較有經驗的人執行。所以我就被轉到那個專案了。海瑟‧柏金斯取代我在夢幻吹風機專案的位置。她很興奮，」他回想到，「或許她知道自己用的是他們家的洗髮精。」

「大多數的人都會知道，」崔西喃喃低語道。

霍桑律師的筆記抄到第二頁，「所以我們可以從卓越顧問公司取得您只參與夢幻吹風機專案幾天的證據，就在專案剛開始的時候？」

「當然，」薩克斯先生說。

「您是否常跟海瑟‧柏金斯，或其他仍負責那項專案的人聯繫？」

「沒有，」薩克斯先生說，「我沒看過海瑟，甚至也不知道那項專案還在進行當中。」

霍桑律師把這點記了下來。

「所以，那應該沒問題吧？」琳蒂問道，「既然我爸沒有參與那個專案。」

　　「嗯，」霍桑律師說，「正如我所說的，有兩種重要的情況會被視為內線交易。即便我們可以排除薩克斯先生的公司成為暫時內部人的嫌疑，」她繼續說道，「但也有可能，」她看看自己的筆記，「安東妮亞小姐，遇上吹風機事件的那位，可能被視為能夠取得夢幻吹風機公司機密資訊的人，依這項資訊採取動作，因此違法。」

　　「那太荒謬了，」琳蒂的媽媽說道，「夢幻吹風機並沒有透露公司機密給她，而是差點用吹風機把她電死！」

　　「上啊，媽。」崔西說。琳蒂露出微笑，她知道有些同學的媽媽會為了成績跟老師這樣爭執，她媽媽**從不**做這種事。可是，她很驕傲也很感激在面對證券交易委員會的起訴時，媽媽做好準備，如此犀利地捍衛自己。琳蒂頹坐在椅子上，心中滿是罪惡感。即使她讓全家陷入危機，媽媽仍願意這樣捍衛她。

　　霍桑律師露出她的招牌抿嘴笑容。「看起來或許很荒謬，」她承認，「這也是我們要試著證明的論點。不過證券交易委員會會試圖證明這並不荒謬，以及那筆交易是違法的。即使我們可以閃開內線交易的這顆子彈，證券交易委員會還有另一顆我們還沒討論過的炸彈——非法賣空。」

　　「所有的賣空都是非法的嗎？」薩克斯先生問道。

　　「不一定，」霍桑律師說道，「證券交易委員會在2008年股

市崩潰後，開始規範賣空行為，是因為大型投資公司發現可以利用賣空來啟動股價循環週期，好讓公司大賺一筆。舉例來說，假設有家大型投資公司叫……」她低頭看著薩克斯家地址的街名，「米爾福公司，公司裡有數千名員工，每天花數百萬元投資股票。有一天，米爾福公司決定賣空……比如說……麥當勞的股票。」

「是那個麥當勞嗎？」崔西說，「有快樂兒童餐的？」

「沒錯，」霍桑律師說道，「為了方便舉例，米爾福公司認為麥當勞公司的股票價值將會下滑，所以他們賣空。可是，因為他們是米爾福公司，他們賣空的金額不會只有一點點，他們以500萬美元賣空。也就是說，他們用500萬美元賭麥當勞會表現得很慘。」

「哇，」琳蒂說。

「其他大投資人也這麼說，」霍桑律師說道，「他們發現米爾福公司認為麥當勞公司的營運會很慘，他們就開始思考，**米爾福公司通常很清楚自己在做什麼。如果他們認為麥當勞營運不佳，他們肯定是知道了什麼我們不知道的訊息。**所以其他大型投資公司決定要賣掉麥當勞的持股來脫身。後來他們真的賣掉了好幾百萬元的股票。」

「因為他們做了這些事，」琳蒂接著說，「股價開始下跌了。」

「沒錯。」霍桑律師說，「大家開始出脫時，股價就下跌

了。一旦股價開始下跌，其他人看到也會認為『糟了，麥當勞的股價開始大跌，我最好現在賣掉。』於是開始了脫手循環。」

「可是，米爾福公司賺了很多錢，」琳蒂說，因為制度與假設性計畫的成功實現而點頭表示讚許，「因為他們賭股價會跌。」

「可是，是他們害股價下跌的，」崔西說，「是因為他們賭股價會跌。」

「是的，」霍桑律師說，「而且對麥當勞或其他公司做這樣的事情並不公平。有些投資公司都在做這些事情，而且股市開始失控。所以證券交易委員會開始管制，立法使賣空違法。」

「可是，我完全不知道這些事情，」琳蒂說，「我只知道找讀到如何趁股價下跌時賺錢的方法。所以崔西跟我說蕾安媽媽……我是說，安東妮亞小姐的事情時，我猜股價會下跌，然後我就作空。」

「沒錯，」薩克斯太太說，「這一切只是一場誤會。我不是為琳蒂的所作所為找理由開脫，畢竟她做的事情不僅輕率、危險、而且還很愚蠢。」

琳蒂抽著鼻子，眼睛看著自己的大腿。

「可是，」媽媽繼續說道，「她不是為了賺幾百萬美元而惡意摧毀另一家公司的大型投資銀行。她只是個小女孩，她做的事，在我看來是很聰明的投資決策。她並不知道那會違法。」

「雖然30,000美元對我們來說很多，」薩克斯先生說，「但離百萬美元還很遠。證券交易委員會經常調查這種獲利金額相對少的案子嗎？而且動作還如此快速。妳提到的那個克里斯多福·奈特的案子至少是五年前的事了，最近消息才曝光。」

霍桑律師說，「在克里斯多福·奈特的案子還有其他一些案子發生之後，證券交易委員會很努力打擊內線交易，動作是又快又狠。30,000美元已經足以引起他們的警覺。雖然還不到百萬美元，但他們常常會追查像你們這樣相對較小的案子，好殺雞儆猴，告訴大家不管誰做這件事都會違法，而且沒有人能夠逃的了。」

「我的英文老師就會這樣，」崔西一邊說一邊翻了個白眼，「那堂課連從別人作業**抄一個句子**也不可以。」媽媽瞪了她一眼，崔西迅速補充道，「我自己是沒有做過啦。」

「很好，」薩克斯太太說。

「媽呀，」崔西喃喃自語道。「在這個家，只是**提到**抄功課就會惹上麻煩，但被**政府**調查反而沒事。」

「閉嘴，崔西。」琳蒂說。

「琳蒂，」父親警告。

「她不必一直講吧，」琳蒂說。

「我只是實話實說而已。」崔西說。

「那有什麼好說的？」琳蒂說。

「好了！」媽媽說。

THE SHORT SELLER

霍桑律師看著她們，沒有表露一絲情緒。她清清喉嚨，「這是個艱難的任務，」她說，「我先去跟證券交易委員會談談，解釋一下情況，我跟他們說只是一個七年級學生做的交易，他們有可能會撤銷調查，不需要辦聽證會。」

　　「妳覺得有希望嗎？」琳蒂滿懷希望地說。

　　「老實說，」霍桑律師說，「沒有。薩克斯先生任職的公司，是有可能達成內線交易的關係，而且安東妮亞小姐當初同意試用吹風機時，應該也和夢幻吹風機公司有一些約定。再加上，非法賣空又增加另一層複雜性。最重要的是，我們必須證明，實際上是由琳蒂自己做的交易，而不是蓋瑞‧薩克斯為了不花一毛錢就能脫身所捏造的故事。」

　　「不花錢？」薩克斯先生說。

　　「現在調查的目的，是看他們是否要對你提起民事訴訟，」霍桑律師說，「這代表如果我們輸了，要付出的除了琳蒂所賺到的獲利，還要加上獲利乘以三倍的罰金——總共是12萬美元。」

　　薩克斯太太看著霍桑律師，彷彿剛剛有人把一桶冰水倒在她頭上。「喔，這樣啊。」她說。

　　「可是，可能性較低的是，司法部決定將這個案件當做刑事案件調查。如果是這樣的話，薩克斯先生可能最多要坐十年的牢。」

　　「可是，爸爸什麼事都沒做！」琳蒂大喊，「是我做的，而

且我不知道這是違法的。」她抓住爸爸的手，爸爸溫柔地握了一下她的手。

霍桑律師的聲音與表情第一次變得柔和起來。「我知道，」她溫柔地說，「所以我們要一起說服證券交易委員會。」

33

無序狀態

「我賭他們會撤銷案子，」崔西在幾分鐘以內已經說了第五次。

媽媽拿著熨斗壓住襯衫的領子，蒸氣噗噗地冒了出來，「崔西，」她說。

「我是說，拜託，」崔西說，「證券交易委員會不會要調查七年級生吧。看起來會很荒謬。」

「我不知道他們會怎麼做，」薩克斯太太說，「我們沒辦法預測他們會怎麼做。」

「他們必須撤告，」崔西說，「妳不覺得嗎，小琳？」

躺在沙發上的琳蒂聳聳肩，繼續盯著天花板。霍桑律師昨天打電話到家裡，說她已經和證券交易委員會的人談過，也把琳蒂的事情告訴他們。他們會再討論，今天決定是否要繼續調查。

薩克斯先生早上一如往常去上班，可是琳蒂和崔西沒去學校，待在家裡等消息。媽媽說如果不知道會發生什麼事的話，她無法專心工作，因此也請了假，所以很難要求女兒們去學校。能夠讓她全神貫注的只有燙衣服，她已經燙了快二個小時

的衣服了。她燙完那一堆本來就該燙的衣服後，還要去拿已經掛在櫃子裡的衣服出來燙。

「不過，如果他們撤掉案子，我們現在應該接到消息啦，」崔西說，「我覺得通知我們應該不用花太多時間，可是已經過了好久。」

「沒錯，」薩克斯太太說，她看看時鐘，「妳們兩個應該去上學的。」

「喔，好吧，」崔西說。

「我明天會去上學，」琳蒂說，「即使我們沒接到任何消息。」她是認真的。坐在教室裡思考案子是否會被撤銷，會比坐在家裡聽崔西討論案子會不會被撤銷的好。

「怎麼可能？」崔西說，她噗咚一聲坐在琳蒂腳旁邊的沙發上。「我們今天**一定要**聽到消息，不然我要瘋了。」

「我覺得妳已經瘋了。」

「妳說得或許沒錯，」崔西承認，「現在，我只希望潔姬已經幫我把功課拿到我們家，讓我有點事情可以做。」

門鈴響起，三個人都嚇了一跳。

「哇喔，」琳蒂聳起眉毛，「希望委員會也是希望案子被撤掉。」

崔西十指交叉，環顧四周，似乎在等待什麼跡象。但什麼都沒發生，於是她和媽媽一起到前門。

「請問是哪位？」薩克斯太太問。

「執達員，」另一邊傳來的聲音說道。

琳蒂立刻坐挺，媽媽吸了一口氣，打開門。

一名穿著黑色大衣，帶著皮革手套的男子站在門口。他拿著一個熟悉得可怕的信封。「妳好，」他說，「請問梅琳達·薩克斯小姐在家嗎？」

琳蒂慢慢地從沙發站了起來，像殭屍一樣走到門口，站在媽媽與姊姊中間。「我就是，」她說。

男子把信封交給她時，很努力才讓自己保持面無表情，「梅琳達·薩克斯，我據此傳喚您至證券交易委員會。」

琳蒂從他手上接下信封時倒吸了一口氣。霍桑律師警告過會發生這件事，可是，一直到這一刻，她才瞭解到自己有多希望這件事不會發生，就像崔西說的一樣。

這個信封代表證券交易委員會並沒有決定撤銷調查，反而是決定調查琳蒂。

媽媽的手臂環住琳蒂的肩膀，琳蒂吸吸鼻子。她站在那裡，覺得茫然而空洞，她知道自己的身體還站在門口，可是她有點失魂。**政府要調查我了**，她冷靜地思考。**現在會發生什麼事？**

一直到執達員轉身走下門前的走道，薩克斯家的三個女人才看到街上有五輛新聞採訪車、無數台汽車、一群記者，以及拿著相機與錄影機的攝影記者。

「哇，」崔西說。

「嗯？媽？」琳蒂說。

「薩克斯小姐，」記者大喊，衝上走道。「請問哪位是梅琳達？成為證券交易委員會最年輕的調查對象，妳有什麼感覺？」

琳蒂表情驚訝地看著人群擠向前。

「薩克斯小姐！」另一位記者喊道，「妳在網路上買賣股票有多久了？」

「薩克斯小姐，」另一位記者喊，「妳怎麼知道要作空夢幻吹風機公司？」

「薩克斯小姐！」

「薩克斯小姐！」

「梅琳達！」

媽媽和崔西將琳蒂拉進屋內時，琳蒂還一直盯著那一大群人。她們關上門，然後上鎖。

34

防禦策略

　　根據美國證券交易委員會的官方網站——琳蒂讀了三次——所有的調查都是私下進行。說明到此為止。

　　沒有人知道調查的消息是如何洩漏出去的，可是已經不重要了，事情已經曝光。在第四位記者打電話來之後，琳蒂一家人已經不再接聽電話，可是電話還是不停地響，直到琳蒂的媽媽將電話線拔掉。採訪車擋住馬路，害薩克斯先生下班回家後無法將車停入車道，他必須強行穿過人群和閃開記者們的提問才能走到自家門口。「至少明天我就不用這樣回家了，」他晚餐時說道。

　　「為什麼？」薩克斯太太問道。

　　「因為主管要我先待在家裡，直到所有事情都解決。」薩克斯先生說，「他知道不是我做的，但我在風波結束前，低調一點對公司形象比較好。」

　　薩克斯太太什麼都沒說，琳蒂也沒有哭，但他們的晚餐幾乎每個人都沒有什麼動。

　　即使他們之中沒有人對記者說任何話，當晚消息還是登上主要的新聞台，配上琳蒂站在門外，手上拿著信封的畫面。

因為新聞的報導，隔天早上薩克斯家外的人群變得更多。媽媽開車載著琳蒂和崔西到學校，要是想穿過人群，就會像穿過一群信鴿。幸好，學校裡不會有記者跟著她們走到置物櫃。

琳蒂很慶幸班上同學都沒有聽社會科老師的話——多接觸時事。班上的同學都沒有問起這件事，只有在餐廳或走廊上，偶爾會有一兩個人多看她兩眼。從老師看她的眼神，她知道老師似乎知道這件事，但只有英文老師把她拉到一邊，關心她還好嗎？午餐時，她可以向凱西吐露所有細節，因為同桌的其他人都在忙著幫潔西卡決定要養哪個品種的小狗。

也幸好她已經告訴凱西。等到那天下午的第八節課後，媒體已經等在校園外面。校長不讓他們踏入學校，可是她無法保證琳蒂走回家的路上不會有媒體跟著。幸好，凱西的媽媽就在附近工作，可以來接她們倆個。兩個小女生還各拿著一片從美術教室拿來的廣告板遮住自己的臉，從學校全力衝刺跑進車子裡。

這些騷動代表著，琳蒂明天再去學校時，無法期待身邊的同學還能跟平常一樣正常了。

霍桑律師那晚來到她們家，告訴琳蒂和家人事件結束前最重要的四個字：「無可奉告」。

「媒體問你們**任何事情**時，你們就這麼回答，」她態度堅定地說道，「同事提到這件事時也要這麼回答。朋友問你們時也這麼回答。只要這房間裡五個人以外的人提到這件事，都要

說——**無可奉告**。」

「一定要說『無可奉告』嗎？」崔西說，「可以說其他意思相同的話嗎？」

「類似的也可以，」霍桑律師說，「『我目前沒有什麼可以說的』，或『我不方便評論這件事』。可是，『無可奉告』比較簡單，因為只有四個字。」

「我也想用比較簡短的。」崔西說，「像是『走開』。」

「嗯，」霍桑律師說，「客氣一點比較好。」

「可惡，」崔西說，「我還在考慮要說『滾開』呢。」

琳蒂笑了，「閃邊去，」她建議道。

「滾！」崔西一邊笑一邊說道。

「滾蛋！」琳蒂使勁全力模仿愛發牢騷的奧斯卡[30]的聲音。

「妳們！」媽媽嘆了口氣。她蒼白的手掌壓住自己的眼睛。

「對啊，女孩們，」爸爸說，「我們要嚴肅一點。」

琳蒂與崔西試著壓住笑意。

「我們要說，『滾出我的視線！』」爸爸大喊道。

琳蒂和崔西哈哈大笑。霍桑律師表情仍舊嚴肅，可是肩膀卻開始抖動，讓琳蒂笑得更厲害。

「Beat it，」爸爸唱道，「just beat it![31]，」爸爸站起來，開

---

30. Oscar；芝麻街中的角色。
31. 麥克・傑克森（Michael Jackson）歌曲〈Beat It〉中的歌詞。

始彈起手指，在客廳裡跳舞。

　　琳蒂笑得太用力，從椅子上滑了下來，讓崔西笑到彎腰，在地上捲成一顆球歇斯底里地大笑。琳蒂在喘口氣時瞄到連媽媽也露出微笑，就在那一瞬間，她覺得，或許一切都會沒事的。

35

躲藏的日子[32]

還要再兩個星期，證券交易委員會的聽證會才會舉行。琳蒂覺得自己被撕裂成兩半，一半的她希望聽證會儘快結束，這讓她覺得時間慢到像爬行一樣。而另一半的她希望能夠假裝一切和往常一樣，這使得她覺得時間跑起來像閃電一樣，飛快地往聽證會衝。

霍桑律師說聽證會前一晚會和她練習一些問題，這樣她才知道會被問到什麼。除此之外，霍桑說她可以準備兩件事：（1）不要理會記者，（2）不要緊張。

琳蒂希望第一點可以越來越簡單，如果她都不回答記者的問題，記者總有一天會覺得無聊然後離開。第二點則是完全不可能，琳蒂連試都懶得試了。

琳蒂只是不理會記者一天，所以大部分的記者就不再打擾琳蒂與她的家人了。可是，報導並沒有就此停止。她登上買賣股票時所閱讀的所有報紙頭版頭條和網站首頁：《華爾街日報》《紐約時報》《華盛頓郵報》，甚至倫敦的《金融時報》。

---

32. 原文章名"Inside Day"於股票交易中稱「內包日線」。

疑內線交易，證券交易委員會調查十二歲女孩

‧

證券交易委員會傳喚七年級股神

‧

一百三十七公分高的交易好手賦予賣空新定義

這些報導裡的有限細節，至少大部分還算正確。然而CNN、CNBC 或當地新聞台在報導這件事時，內容就不見得準確。有一家把琳蒂的家鄉寫錯，另一家則宣稱琳蒂是用高中電腦教室裡的電腦交易；還有兩名「專家」正在辯論買賣股票的人究竟是誰——是薩克斯先生還是他的兒子。

網路部落格更糟。儘管媽媽要她們不要去看，但崔西好像在做功課一樣追蹤網路上的回應。她會叫琳蒂到自己房間看特別誇張的文章。琳蒂最喜歡的是，有人表示對四年級的學生可以靠買賣股票賺進100萬美元感到驚奇。崔西的最愛是《明星紀事報》的讀者留言寫道：「我認識她姊，超正！」

因為這些媒體的報導錯誤連篇，那些邀請琳蒂分享自己經歷的邀約就更加有吸引力。寫書、電台訪問、上深夜訪談節目等等，但都被薩克斯太太刪除所有訊息，將所有信件全都丟掉了。霍桑律師要薩克斯太太習慣，因為在聽證會結束，當外界得知證券交易委員會所做的決定，琳蒂將會收到更多邀約。

聽證會。決定。面對記者和面對聽證會比起來是小巫見大

巫。琳蒂必須說服政府是她買賣股票，而不是她爸，而且她並沒有做任何違法的事情。

琳蒂一向不喜歡演講，她害怕上台報告，還乞求合唱團老師不要讓她獨唱。可是，這比在同學面前演講、或在觀眾面前唱歌更可怕，風險也比爛成績或唱走音更大。

這是真實的，而且，她真的好害怕。

36

大聲怒吼[33]

聽證會在週二的早上十點舉行。琳蒂的爸爸建議在週六開車到華盛頓特區,然後乾脆全家人度個假,去逛逛紀念碑、史密森尼博物館晃晃。不過她們三人都反對,因為知道自己沒那心情享受這些景點。所以他們決定星期一下午出發,把待在華盛頓特區的時間縮得越短越好。

爸媽讓琳蒂和崔西選擇,看週一是要去學校還是待在家,不過姊妹倆都決定去學校。距離聽證會只剩二十四小時,琳蒂十分希望可以想想其他的事情。不過,早上經過走廊時,周圍的耳語與注目讓她懷疑這個決定是否正確。

她走到自己的置物櫃,發現門板上面用口香糖貼了一張紙條,上頭畫著一個人被關在柵欄裡。

琳蒂把紙扯了下來,但黏在後面的口香糖被拉成長長一條,還沾上她的手指。她想用另一隻手把口香糖弄掉,結果只是把粉紅色的口香糖黏得一團亂。琳蒂往女廁方向走的時候,還聽到其他同學在笑,但她保持堅強。當琳蒂在洗手台前用紙巾把

---

33. 原文章名"Open Outcry"於股票市場中亦有「公開喊價」之意。

口香糖擦掉時，聽到裡頭的人的談話。

「她爸爸真的會被抓去坐牢嗎？」

「可能吧。其實還蠻悲慘的，她這麼做應該是因為家裡需要錢吧。」

「對啊，我是說，從她的衣服就看得出來。」

「她的衣服其實**沒那麼**糟。不過，妳應該看看她家。」

「真的假的？」

「真的，她爸媽什麼都買不起。琳蒂甚至連手機都沒有。」

琳蒂一動也不動地佇在那裡，雙手上沾滿了口香糖，眼眶裡充滿了淚水。她很熟悉那第二個人的聲音，或至少是她**自認**很熟悉的聲音──是斯蒂芙。

其中一間廁所沖水了，然後另一間也沖了。琳蒂在水龍頭底下搓著雙手，動作快到水都濺到她的上衣。她的拇指上還黏著一塊口香糖，可是她不介意。她只想要離開這裡。正當她往門口走時，中間的廁所門打開了，在那痛苦的一瞬間裡，她和斯蒂芙四目相交。琳蒂還沒看到斯蒂芙的反應就快步離開，她不想知道斯蒂芙會不會因此覺得抱歉。

琳蒂忍住哭出來的衝動，穿過走廊。她想躲在置物櫃的門板後面。可是，她打不開置物櫃。

「琳蒂。」

琳蒂閉起雙眼，吸了一口氣。是另一個她好幾個星期沒聽到的聲音──是小豪。

「妳還好嗎？」

什麼蠢問題，琳蒂心想。她轉過身面對著他：「不，我不好。」

「發生什麼事了？」

「問問你女朋友吧。」琳蒂生氣說道。

小豪的臉色漲紅。這時琳蒂看到斯蒂芙走過來，她試著讓自己的表情保持鎮定。

斯蒂芙走過來後，一手勾住小豪的手臂。「嗨，」她說。

小豪看著琳蒂，然後看看斯蒂芙。「發生什麼事了？」他問道。

「老實說，我不知道。」琳蒂說，「我以為我們是朋友，可是我聽到妳在廁所講我的事。說我家很窮，我爸會去坐牢。都是一些妳根本不瞭解的事情。」

「我要怎麼瞭解？」斯蒂芙說，她放開小豪，雙手叉在腰上，「妳什麼都不告訴我。」

「**我**什麼都不告訴妳？」琳蒂往後退一步，雙手環抱胸前，「你們連在一起的事情都沒告訴我。」

「我要怎麼說？」斯蒂芙說，「妳請了一個月的假，回學校的時候我好高興，可是每次我想要跟妳說話，妳都只是想借我的手機。」

走廊上開始聚集一小群人，可是琳蒂不在乎。「妳本來找我一起去聽演唱會，可是妳又改變主意，只因為我太遜了，不能

和妳的新朋友一起出去。」

「或許就是因為妳太遜了！」斯蒂芙大吼回去，「反正妳媽也不會讓妳去。況且，妳爸是犯人。妳本來很有趣的，可是現在的妳只在乎那些蠢股票。妳現在還有朋友嗎？午餐時間都待在電腦教室，跟個魯蛇一樣。現在小豪喜歡我的程度，超過他對妳的喜歡！」

琳蒂倒吸一口氣。就連斯蒂芙也對自己說了這麼殘酷的話而嚇了一跳。她們沉默了一秒，周圍的人群也靜待著。

琳蒂也想用同樣刻薄的話回擊。攻擊斯蒂芙的膚淺、或她的體重、或她知道會讓斯蒂芙受傷的痛點。可是，她問出口的是她最在乎的事，「是真的嗎？」琳蒂問小豪。

小豪高舉雙手，「別把我扯進去，」他說，「不干我的事。」

琳蒂哼了一聲，「現在才說太晚了。」她看著他們兩個，肩並肩站在她面前。「真是謝了。」她踢了一下置物櫃，邁步走回教室。

「琳蒂，等等，」小豪說。

琳蒂搖搖頭，雙眼又充滿淚水。她可以不理會媒體，她甚至也可以忍受斯蒂芙在廁所裡說的那些中傷她的話，因為她知道那些都不是真的。可是，其他的呢？萬一斯蒂芙說的其他事情是真的呢？

她在教室外停下腳步，靠在牆上。她的臉看起來糟透了，上

衣也濕了，拇指上還黏著口香糖。她不知道自己還能不能走進教室，或走出學校回到家裡。如果她沒有勇氣熬過學校的事情，她又要如何撐過聽證會？如果她無法勇敢面對自己原本最好的朋友，她又要如何面對證券與交易委員會呢？

有個熟悉的身影出現在她身邊，一起靠在牆上。是凱西。她搭著琳蒂的肩膀，「沒關係，」凱西說，「斯蒂芙不知道自己在說什麼。」

「真的？」

「真的。」

琳蒂流著淚看著凱西，其他的事情她不知道，但至少斯蒂芙說錯了一件事，她還有朋友。

37

青少年公司

在那天下午，琳蒂一家人開車到華盛頓特區，在飯店登記入住。琳蒂以前很愛住旅館，但現在卻無心享受。房間裡有專屬一人的加大雙人床，被飯店床單包得緊緊的，浴室擺滿著小瓶的沐浴乳與乳液，但這一切都無法安撫她緊張的情緒。她和崔西一起到樓下的游泳池，但也只是心不在焉地潑潑水，十分鐘後又回到房裡。

霍桑律師在晚餐時和他們碰面，讓琳蒂和爸爸有心理準備會被問到什麼。但是琳蒂的心靜不下來。爸爸想讓氣氛放鬆一些，可是他一直摸著鬍子說「對，對」，明明沒有什麼事情好讓他說「對」的。這讓琳蒂更緊張了。

那天晚上琳蒂還是努力讓自己睡著，醒來時發現爸爸穿著睡衣坐在她的床邊。

「就是今天了，」他微微笑溫柔說道，「妳的心情怎樣？」

琳蒂皺起眉頭，一臉憂愁的看著他。

薩克斯先生點點頭，「我也是，小琳，」他靠近琳蒂，「我不知道今天會發生什麼事，不過，無論如何，無論他們怎麼決定，最後的結果一定是最好的。」

「爸，我很抱歉，」琳蒂的聲音充滿睡意，「我不是故意要讓你惹上麻煩的。」

「噢，真的嗎？從妳還是小嬰兒的時候，我就有股詭異的感覺，覺得有一天妳一定會陷害我惹上內線交易。」

琳蒂咯咯笑了。

爸爸吻了一下琳蒂的額頭，「我知道，親愛的，不管發生什麼，我們都會一起度過。」

琳蒂深吸一口氣，坐了起來，說：「爸，謝謝你。」

「可是，在妳準備好之前，妳要先跟我說一件事，非常、非常重要的事。」

「什麼事？」

他舉起菜單：「早餐要吃什麼？媽媽說我們可以點飯店的客房服務！」

$ $ $

在吃完早餐、沖過澡後，琳蒂站在全身鏡前，穿著媽媽為了今天買給她的套裝。是深藍色的粗布料，下半身是窄裙，長度剛好超過膝蓋一點點。她的頭髮長度尷尬地頂住領口，外套的墊肩讓她看起來像是穿著紙箱。再加上襪子以及褐色的短跟鞋，琳蒂覺得自己就像是在學校話劇中扮演女商人的演員。

「妳覺得如何？」她問崔西。崔西穿著黑色褲子和毛衣，剛

從浴室裡走出來。「媽不知道我要穿什麼去見證券與交易委員會。」

崔西揚起眉毛，「所以她覺得妳應該穿得像迷你版的霍桑律師嗎？她到底是去哪裡**買到**這些衣服的啊？」

琳蒂笑了，「我不知道。」她說，「我驚訝的是，竟然有我這個尺寸的。像我這個年紀的人，有什麼場合需要得穿成這樣嗎？去小孩經營的公司上班嗎？」

「對啊，十二歲的小孩是有多少面試得去參加？」崔西說，「而且還是應徵1980年代的工作。」

媽媽從兩個房間相通的門走進來。她穿著自己的套裝。「妳看起來很完美，琳蒂，」她說，「非常得體呢。」

「她穿成那樣，我覺得妳要稱呼她梅琳達。」崔西說。

「那妳要叫我薩克斯小姐。」琳蒂糾正崔西。

薩克斯先生也一起站到鏡子前面，穿著西裝打上領帶。「薩克斯小姐，妳們準備好了嗎？」

「準備好了，」薩克斯太太說。

「準備好了，」崔西說。

琳蒂看著鏡中的自己，深吸一口氣。她希望自己只是要去兒童企業上班，而不是去做很大人的事情。可是她別無選擇。「完全準備好了。」

38

祝妳好運

計程車越靠近證券交易委員會總部，交通狀況就越混亂。

「以尖峰時刻來說，我們出門的時間有點晚了。」薩克斯先生跟司機說。

「呃，特區的交通一向都這麼糟，」計程車司機回答道。「只要總統、第一夫人、或是國外顯要出門，就會封路。」

「說不定可以看到車隊耶。」崔西興奮地說道。

「說不定可以，」司機說，「我猜今天連總統都想進證券交易委員會。那裡塞車塞得很嚴重，因為有個會買股票的小孩要辦聽證會。」

薩克斯家的三個女人面面相覷。**他知道我就是那個會買股票的小孩嗎？**琳蒂心想。**還是他覺得我只是一個穿著套裝、準備去證券交易委員會的普通小孩？**

「不過別擔心，」駕駛說，「我已經在特區開計程車二十三年。所有的捷徑我都很熟，一定可以把你們載到目的地。」

他穿過小巷和住宅區的街道，直到遇到一整排的新聞採訪車。

「就是那棟大樓，」駕駛說。他對著擋風玻璃指著前方。

「我想這是我們能夠開到最近的距離了，你們可能要在這裡下車走過去。」

「謝謝你，」薩克斯先生說。他看看里程表，掏出錢包。

「不用了，」司機說，「我算你們免費，」他轉過頭看著準備從後座離開、裙子還有點捲起來的琳蒂，「祝妳好運！」並對琳蒂眨眼說道。

走出計程車，琳蒂看著那個街區，穿過在一大群的記者和圍觀民眾後，正前方就是一棟龐大壯觀的建築物。可是，琳蒂知道那不是她要去的地方。證券交易委員會總部位於右邊，前方有三面旗幟在高高的旗桿上飄揚。那一大片光亮的玻璃牆佔據了整個街區，玻璃牆面反射街景，讓外頭的群眾人數看起來多了好幾倍。如果琳蒂瞇起眼睛，還可以看到玻璃裡的大廳中，人們正在移動的輪廓。從地面就能夠看到她的聽證會在大樓旁的房間舉行，這裡塞滿的採訪人員將把鏡頭對準她，記者則猜測她會說什麼。琳蒂吞了口水，感覺喉嚨像得了mono時一樣卡卡的。

他們四個人一起走向人群，人潮擁擠到琳蒂以為必須要一路推擠前進，不過，當他們靠近時，她發現有兩位警察讓人群向後退，在人行道上清出一條通往大樓的路。琳蒂知道，他們一踏上那條路，就要迎接閃光燈與記者的問題。她故作鎮定，拉直裙子，順順頭髮。

一名年輕的男記者率先發現他們，「梅琳達・薩克斯！」他

大喊，把麥克風湊向她。

爸爸抓著琳蒂的右手，琳蒂的左手則勾著媽媽的手臂。薩克斯太太牽著崔西的手。他們四個人，連在一起，緊抓住彼此沿著大樓的側面走了進去。

霍桑律師從大樓裡走出來迎接他們。「早安，」她說，「你們做得很好，繼續往前走。」

霍桑律師打開大門，四個人匆匆走了進去。霍桑律師回頭對著鏡頭淡淡一笑，然後關上門。

39

證券交易委員會

　　這棟大樓冰冷且毫無親切感。中庭龐大而冷清，這裡有警衛辦公桌、輸送帶跟金屬探測器，彷彿是全世界最空蕩的機場。裡頭的裝潢全是大理石跟其他石材，還有幾張皮椅，亮到好像從來沒有人坐過。有幾個穿著西裝的人，提著公事包，刷了一下識別證，穿過玻璃門走進去。琳蒂馬上慶幸自己也穿了套裝。如果不是穿著套裝，她一定會覺得自己更格格不入。

　　霍桑律師一開口，聲音就硬生生的從牆上反彈回來，然後消失在冷峻的空氣中。「法蘭欣・霍桑與薩克斯一家，」她說，把證件秀給警衛看。「我們和證交會有一場聽證會。」

　　「我要看一下所有人的證件。」警衛慵懶地說，即使面前是穿著套裝的十二歲女孩，外頭有大批媒體，他仍然無動於衷。

　　他拿了琳蒂和崔西的學生證與爸媽的駕照，掃描進電腦內。然後他要每個人都站在櫃檯上的一台小照相機前面。輪到琳蒂時，他還得把鏡頭往下轉。她不知道自己該不該微笑，所以貼在臨時訪客證上的照片，是她半笑不笑的尷尬模樣，眼睛還緊張得瞇起來。

　　識別證別在她套裝外套的領子上，琳蒂穿過金屬探測門，把

手臂張開，讓警衛可以用探測棍檢查她的身體。每個人都要接受掃描，即使霍桑律師也是，但這還是讓她感覺自己已經被判有罪。

「第四聽證室，」警衛對霍桑律師說。他指著電梯，然後回到座位上。

聽證室比琳蒂在電視上看到的法庭小、更簡單、而且比較新。裡頭的陳設和電視上的法庭一樣，有法官席、證人席、對方的桌子，但不像琳蒂想像得如此富麗堂皇。聽證室裡的裝潢是灰色的薄板，而不是老舊且會發出嘎吱聲的木頭。法官座位前方有一台電腦，或者，以這次來說，是五位法官，台上有五位法官的椅子。**昨天我是一對二**，琳蒂心想。**今天我要一對五了**。不過，她看看周圍，發現並不是如此。昨天她有凱西站在她那邊，儘管她是在發生事情後她才意識到。今天，全家還有霍桑律師都站在她這邊。還有凱西，雖然她人不在這裡。不過，她並不孤單。

有名男子坐在法官席的左邊，面前也有自己的一台電腦，琳蒂想到這個人是法庭的書記官，會把她說的話全都輸入進去。聽證室裡沒有陪審團席，可是有三排面對前方的座位，琳蒂看到位子上空無一人，鬆了一口氣。儘管霍桑律師承諾聽證會不公開，琳蒂還是做了惡夢，是她面對偌大且擠滿人的法庭，眾人都想擠上看臺。琳蒂發現，聽證室裡沒有任何窗戶，媒體無法探聽。

霍桑律師帶領她們一家到聽證室另一邊的桌前，面對法官席。那裡只有三個椅子，所以他們全都靜靜地站在那裡，等著霍桑律師從公事包拿出一個大資料夾。「薩克斯先生與琳蒂和我一起坐在這裡，」她說，拿出一疊紙，放在資料夾的旁邊。「薩克斯太太和崔西，妳們可以坐在我們後面」——她比著後面三排的空位——「因為妳們不是聽證會的當事人。」

琳蒂的媽媽給她和爸爸一個吻，然後緊握住他們的手，「我就在這裡，」她說，吻了一下剛剛握住的手。

「天啊，媽，」崔西說，「我們只是要到五公尺外的地方，又不是要到南極。」

「我不管，」薩克斯太太說，「**感覺**就像是南極。」

「我們不會有事，親愛的，」薩克斯先生說，「不過，還好有妳在觀眾席。小琳琳，對吧？」

琳蒂給媽媽一個擁抱，「沒錯。」她說。

聽證室的玻璃門打開，三個表情嚴肅的人走了進來，兩男一女，全都穿著黑西裝或套裝，別著證件，拿著公事包。他們向霍桑律師點點頭，霍桑律師則回以禮貌性的微笑，也點點頭。

「哈囉，法蘭欣，」其中一名男子說，「週末過得還愉快嗎？」

「還不錯，謝謝。」霍桑律師說，「你呢，怕特？」

「很好，很好。我兒子拿到學習駕照了，所以我讓他繞著停車場開，我自己抓住旁邊，祈禱自己還能活命。不過其他一切

都好。」

霍桑律師笑了。

他們就是調查我們的人嗎？琳蒂心想，早知道就更仔細聽霍桑律師解釋聽證會將如何進行了。看起來他們是證券交易委員會的人，而且他們開始把厚厚的資料夾放滿桌上。可是，她沒想到他們和霍桑律師是這麼友善的關係。她如今才發現，自己沒有把他們想像成真正的人，而且有個青少年年紀、正在學開車的兒子。

霍桑律師與琳蒂和爸爸低聲交談，證實那幾位的確是另一方的人。「他們是證券交易委員會執法部的律師，」她說。「他們一直在調查，而且他們會努力說服委員，手上有足夠對你不利的證據，理應展開審理。」

執法部的三個人一面整理桌面，一面繼續討論自己的孩子。

「委員會坐在上面，」霍桑律師說，手指著法官席。「他們會聽取雙方論點，然後做出裁決。」

琳蒂面向著霍桑律師指的方向，但眼神卻飄到執法部律師那邊。他們有數不清的資料夾和文件，而且桌子上的資料越疊越多，還有一個穿著西裝的年輕人進進出出地拿更多資料給他們。

她瞄了一眼霍桑律師的桌子，只有一個資料夾和一疊紙。執法部的人拿的那些資料上都寫了什麼？是他們從琳蒂生活中挖

掘出的證據？還是鉅細靡遺的法律文件？她希望結果不是由兩邊律師的**文件多寡**來決定，不然她和爸爸鐵定完蛋了——除非霍桑律師在座位底下藏著更多資料夾，或是有助理可以帶更多資料進來。她轉頭看崔西是否也在疑惑同樣的事情，卻發現姊姊的眼神不是在那些資料上，而是看著那位幫忙拿資料的年輕小夥子。崔西的眼神離開了小夥子幾秒，發現琳蒂看著她，於是用唇語對琳蒂說，「他很可愛！」

牆上的時鐘到了早上十點，分針一走過十二，法官席後面的門就打開。五個人——**正是**證券交易委員會的委員們——從門後魚貫走出，往座位走。三女兩男都穿著黑袍。霍桑與執法部律師紛紛站起來，琳蒂的家人也跟著起立。琳蒂一直沒有坐下，她的心彷彿已經飛到喉嚨。

「請坐，」其中一名女子說。她在中間的位子坐下。琳蒂曾經在證券交易委員會的網站看過她的照片，樓下大廳也有她的照片。她就是證券交易委員會的主席。

霍桑律師也在她的大資料夾後面坐下，輕輕地碰了一下琳蒂的肩膀，示意她坐在旁邊的椅子上。

「各位早，」主席說，其他委員也在她兩旁的座位坐下。一邊的書記官開始打字。「我們今天舉行的是34-59087案的預審聽證會，調查蓋瑞·薩克斯與梅琳達·薩克斯涉嫌的內線交易與非法賣空。請出席聽證會的人員介紹自己，以做記錄。」

兒子正在學開車的那位對方律師站起來，接近中間的麥克

風。「委員早，我是執法部的柏特・麥當尼。與我一同參加的還有我的同事麥可・凱利與諾瑪・溫特。」

主席點點頭。現在霍桑律師站起來，靠近麥克風。「早安，」她說。「我是法蘭欣・霍桑，蓋瑞與梅琳達・薩克斯的委任律師。我的兩位當事人今天早上都出席了。」

「謝謝，」主席說道。她把老花眼鏡架在鼻頭，整理她的資料，查看電腦螢幕，每個人都安靜等著。然後她拿下眼鏡，掃視面前的人。她的眼神停在琳蒂身上，然後快速地對她眨眨眼，快到琳蒂以為是自己的想像。

「那麼，」主席說道，「就我所瞭解，執法部調查薩克斯先生與他的女兒，認為他們涉嫌內線交易與非法賣空，出售夢幻吹風機公司的1,000股，並從中獲利約30,000美元。我說的是否正確？」

執法部律師說，「是的，庭上。」

「交易是以薩克斯名義的線上帳戶進行，但被告表示交易人是薩克斯先生的女兒──梅琳達，以上陳述是否正確？」

「是的，沒錯。」薩克斯小姐說。

庭上，琳蒂心想。**她應該也和其他人一樣說「庭上」**。霍桑律師應該是帶領他們的專家，可是她既沒有準備資料，說話又不夠拘謹，琳蒂擔心霍桑律師根本不知道自己在做什麼。她瞄了爸爸一眼，看他會不會緊張。他正盯著委員們，坐得比選美皇后還挺。

「好，」主席說。「接下來的流程是執法部會先發表開庭陳述，然後再由被告發表。之後雙方都有機會提出反駁，可以嗎？」

　　霍桑律師點點頭。執法部的頭頭說，「好的，庭上。」

　　「好，」主席說。「開始吧。」

40

聽證會

執法部的人整理了一疊文件，站上講台，面對著委員。他的手在靠上桌子時微微地顫抖。雖然他一定常常做這件事，但琳蒂看得出來他很緊張。這位執法部的人清清喉嚨，直接唸出手上文件的內容。

「委員們早，」他讀道。「執法部今早將證明薩克斯先生與其女梅琳達·薩克斯違反了1934年證券交易法的第十條第二項，以及1933年證券交易法的第十七條第一項。一月二日下午，薩克斯先生的線上交易帳戶下了一張單，作空 DDRY 1,000股，DDRY 是夢幻吹風機公司的代號。同個帳戶在四十八小時內回補，每股獲利30.73美元，總計獲利30,730美元。」

儘管這是琳蒂目前為止人生最重要的時刻，在律師一直講（一直講⋯⋯一直講⋯⋯）的時候，琳蒂卻無法專心。他按照文字上的記錄，描述了琳蒂的買賣過程，可是他的聲音是如此地沉悶，又提到各種法規與過去法律上的案例，琳蒂的眼睛都快睜不開了，更別說是聽懂他的論述。**專心**，她告訴自己，同時坐挺身子，順一順外套上的皺褶。**妳要反駁他的主張，為自己辯護**。可是，就和馬格利斯先生開始解釋股票交易術語前的

THE SHORT SELLER

數學課一樣，她起初還能專心一陣子，可是，一旦開始講起x軸、y軸而不是數字時——或是律師開始講起柏斯基（Boesky）、米爾肯（Milken）還有SHO法規——她就開始神遊，然後姿勢就開始低頭彎腰了。琳蒂覺得有些委員看起來也很無聊。其中一位女委員拉著身上袍子的毛球，最右邊的男委員則認真地摳指甲。

「綜上所述，」律師講了四十多分鐘之後，「執法部並不認為是梅琳達·薩克斯，」他向琳蒂點點頭，輕輕地對她笑一下，彷彿這位十二歲小女孩的親自現身代表案子已成定局，「主動執行這些高深而資金龐大的交易。我們認為真正交易者是父親，無論是直接交易或透過他的女兒。此外，我們認為薩克斯先生有取得夢幻吹風機內部消息的管道，讓他可以即時採取行動，而且是在消息公開並產生影響之前。我們的調查結果使我們必須建議委員會審訊被告。」律師抬起頭來，從開口唸稿以來，他的視線第一次離開文件。他再次清清喉嚨，然後說，「謝謝各位。」

委員們調整了一下坐姿，似乎重新整理思緒。

「謝謝你，麥當尼律師，」主席說。「霍桑律師，」她看向霍桑說道。「等妳準備好，隨時都可以開始。」

霍桑律師站了起來，走到剛剛那位律師站的位子。「謝謝您，庭上。」她充滿自信地說道，琳蒂抬起頭來。爸爸在桌子下握住她的手。

琳蒂覺得霍桑律師陳述自己的論點時，表現比執法部的人好多了。第一，她沒有看稿照唸。而且，她沒有提到太多法規和前例。她只是將琳蒂做的事情，以口語但正式的方式描述出來。霍桑律師描述琳蒂怎麼開始買賣股票，如何虧了一大筆錢，又怎樣利用崔西告訴她的夢幻吹風機資訊，將一大筆錢都賺了回來而扭轉局面。琳蒂則發現自己一直跟著點頭。

霍桑律師繼續講下去，琳蒂則緊握住父親的手，看著委員們的表情。他們會相信她嗎？他們會希望霍桑律師援引更多法條嗎？為何最右邊的那個男委員還在摳手指？

「最後，」霍桑律師說道，「梅琳達・薩克斯是個聰明的女孩，按照自己的自由意志行動，但卻得意忘形了。她賣空是根據社區八卦，而不是內線消息。她的確該為自己的行為而被審問，不過是由薩克斯夫婦，而非證券交易委員會。她或許也應該要被處罰，但以目前來看，應該是由她的爸媽審判，而非政府。謝謝各位。」

琳蒂十指交叉。就這樣？主席要做出決定了嗎？就這樣嗎？

「霍桑律師，謝謝妳。」主席說。「這個案子並不尋常。」她沉默了一會，看著前面的人，噘起嘴巴。「我不太確定這次要不要聽雙方互相詰問，但我有興趣的是和被告聊一聊……」

被告，琳蒂心想。**那就是我和爸爸。我們兩個都要發言。**

「……個別談談，」主席說。

琳蒂覺得喘不過氣來。個別談話？是說，她自己一個人嗎？

「我們先聽薩克斯先生的說法，」主席說道。「我要請……」她低頭瞄了一下自己的筆記，「梅琳達和家人先暫時離開聽證室。我會請助理帶妳們到走廊上，妳們先等一下。請勿討論案子的事情，瞭解嗎？」

琳蒂倒吸了一口氣，點點頭。霍桑律師低聲提醒琳蒂要說點話。「好的，庭上。」琳蒂的聲音聽起來很虛弱。

「謝謝，」主席說。

琳蒂握住爸爸的手，他們應該一起面對的。她不想離開爸爸，讓他獨自面對委員會。

「爸，」琳蒂低聲說。

「沒事的，寶貝。」他吻了一下琳蒂的臉頰，「我會沒事的。」

協助搬運執法部資料夾的年輕男子出現在門口，主席示意要琳蒂、媽媽還有姊姊跟他一起到走廊上。霍桑律師對她點點頭，要她安心。她們三人走出房間時，崔西的眼神對上琳蒂。琳蒂不知道崔西露出緊張的微笑，是因為爸爸，還是因為有機會跟那個帥哥助理聊天。

原來等候區有沙發，就在聽證室外面。聽證會的大門將聲音完全隔絕，但爸爸**就在**裡面，這讓人更難以承受。雖然位子還很大，但薩克斯家的三個女人一起坐在沙發上，把琳蒂擠在中間。助理坐在她們對面的椅子上。

「妳還好嗎，寶貝？」琳蒂的媽媽問道。

琳蒂悲傷地聳聳肩，「很緊張。」

「我也是，」媽媽說。

她們倆往聽證室的方向看了看。

薩克斯先生站在講台上，嘴巴在動，但她們一個字也聽不到。

經過整整五分鐘的沉默後，崔西試著用輕快的語氣和助理攀談。「那個，」她說，「你是助理嗎？」

「對啊。」

「你叫什麼名字？」

「克拉克。」助理說。

「克拉克，」崔西重複道，「是助理克拉克[34]？」

琳蒂詢問自己能不能去上個廁所。

助理克拉克說可以，然後指出廁所的方向。她從容的待在廁所洗洗臉，看看鏡中的自己，然後深呼吸。**妳非做不可**，她告訴自己，**所以最好表現好一點**。當她回去時，爸爸已經到等待區，坐在她剛剛坐的位子上。

「還好嗎？」琳蒂問道。

「我不知道，」薩克斯先生說，琳蒂看得出來爸爸是說真的。他看起來很害怕，而且隱藏得不太好。

霍桑律師打開通往聽證室的大門。「琳蒂，」她溫柔地說，「換妳了。」

---

34. "clerk"（助理）和"clark"（克拉克）的發音很相近。

41

防禦性攻勢

琳蒂站上講台。五位委員排成一排，坐在她面前，他們的位子在較高的平台上，以俯視的角度看著她，甚至連最右邊的男子也不再繼續摳手指，也是直盯盯地看著她。她的套裝突然讓她覺得搔癢萬分，但她忍住抓癢的衝動。

霍桑律師把麥克風往下調，以靠近琳蒂的嘴巴。琳蒂吞了一口口水，半秒鐘之後，她聽到自己吞口水的聲音透過喇叭被放大了。

「不必緊張，薩克斯小姐，」主席說。「我們只想聽聽妳這邊的說法。」

琳蒂點點頭。她知道自己應該說話，畢竟他們把她獨自叫來，不是只想看看她的樣子。可是，她不確定自己該從何時說起，或是該說什麼。她不想破壞規定。她看著玻璃門外的爸爸。爸爸的手肘靠著膝蓋，頭則埋在手掌裡。看起來好像在哭。

「妳會緊張嗎？」主席問道。

琳蒂差點笑出來。多荒謬的問題啊。「會，庭上，」她對麥克風輕聲說。她清清喉嚨，然後稍微放大音量補充道，「有一

點。」

「深呼吸一下，」主席說。「我們會從一些簡單的問題開始。」

琳蒂點點頭，又吞了一口口水。在主席的要求下，她深呼吸了幾次，眼睛直視前方，才不會看到爸爸。

「妳幾歲了，薩克斯小姐，」主席問道。

這個問題簡單。「十二歲。」

「那就是⋯⋯六年級？」

「七年級，」琳蒂說。

「梅琳達，」主席開口說道。然後她停了下來，「我可以叫妳梅琳達嗎？」

琳蒂再度點點頭，「或是叫我琳蒂。」她說，「大家通常都叫我琳蒂。」

主席和其他委員們露出微笑。「琳蒂，」主席說，「妳是怎樣開始在網路上買賣股票的？」

「我曾得了mono，」琳蒂說，「傳染性單核球增多症，」她補充道。當她開口說話後，開始感覺到身體有一點點放鬆了。「我得在家裡待好幾個星期，甚至好幾個月，因為不能上學，我很無聊。爸媽說我可以買賣一些股票，當做培養興趣。他們給了我100美元去自由買賣股票。」

其中一位委員開口說話了。「為什麼會把買賣股票當成興趣？」他問道，「大部分的七年級生根本還不知道那是什

麼。」

「在我生病之前我也不知道。」琳蒂說。「一開始我幫爸爸做了幾筆買賣，因為他的公司封鎖股票交易網站。然後我發現，如果買賣速度夠快就可以賺錢，可是，他想一直留著他的股票，大概想留個十年吧。所以在我不能去上溜冰課的時候，他幫我設了我自己的帳戶，給我100美元讓我可以快進快出。」

琳蒂越說越自在，直到幾乎忘了自己在哪裡。她假裝自己在和凱西聊天，只是對方是更成熟、更重要，且穿著黑袍的凱西。

她繼續講著自己的故事，告訴委員她如何開始挪用爸爸帳戶裡的錢進行股票交易，她如何開始賺錢，然後開始虧錢。還有爸爸的投資組合如何一路下挫，跌進谷底。

「我賣空夢幻吹風機公司的股票，」她說，直視著委員的雙眼。「姊姊告訴我蕾安的媽媽發生的事。我記得讀到賣空股票的方法，只要股價下跌就會賺錢。所以我為了把損失的錢都賺回來，賣空那家公司的股票。結果成功了。」

「妳在哪裡讀到賣空的方法？」一名女委員問她。

「從奶奶給我的一本書裡，」琳蒂說，「《傻瓜也能懂的股票投資書》。」

幾位委員笑了。

「妳一定從那本書裡學到很多，」同位委員說道。「多到可以變成股市高手。妳記得書裡有提過，『賣空』是犯法的事

嗎？」她問道。

琳蒂皺起眉頭。「可能有提到，」她承認道，「但我想我跳過沒看。」

「妳**跳過**？」主席重複道，揚起眉毛

「對，」琳蒂難為情地說道，「我跳過所有看起來很無聊的內容。」

「我很確定《傻瓜也能懂的股票投資書》一定有提到內線交易，」主席說。「我猜妳也覺得那一段很無聊？」

琳蒂聳聳肩，「是的，我好像也跳過那一段了。」

委員們咕噥了幾句，調整了一下坐姿。執法部律師在她右邊的座位碎唸了幾句。

儘管琳蒂這麼說，但她知道旁人聽起來有多難以置信。這個穿著不舒服的套裝，尷尬地站在這裡的小女生，會做出她剛剛所說的事情，想起來的確很瘋狂。她想像自己就是委員，穿著黑袍坐在那裡，每天聽著犯法的人講自己的事情，聽他們為自己辯護。她無法想像會有哪個爸爸犯法後為了逃避責任而謊稱一切都是女兒做的，但跟實際上就是女兒做的比起來，這樣想或許還比較容易些。

「庭上，」琳蒂說。「我爸爸沒有做任何不該做的事。是我做的，我發誓。他甚至不知道這件事。他以為我還在用他給我的100美元買賣股票。可是，我太貪心了。」她的聲音卡住了，但她清清喉嚨，保持堅強，「我錯了。」

執法部的律師站起來。「各位委員，」他說，「恕我直言，你們真的相信這個十一歲女孩只靠《傻瓜也能懂的股票投資書》裡『不無聊』的內容，就做出這麼高深的交易嗎？」

　　委員們看著彼此，琳蒂的手緊抓著外套下緣。她想起昨天，斯蒂芙說的那些關於她的謊話，還有她在大家面前崩潰。這是她為自己辯護的機會，是唯一重要的機會。

　　霍桑律師站起來，但琳蒂搶在她之前開口。「真的是這樣，」她堅決地說道。「問我姊姊，或我的數學家教，馬格利斯先生。你可以問我的朋友凱西，或甚至……」她停了下來，沒有說出「朋友」兩字，「這個女生，斯蒂芙。他們都知道，我在家裡的時候都在買賣股票。《傻瓜也能懂的股票投資書》是我覺得最實用的書，但我**不只**看這本書。每天早上我會讀《華爾街日報》，看 CNBC 和 Bloomberg 頻道。我看股票交易部落格，還有文章，從馬格利斯先生那裡學到一些訣竅。他當過股票交易員，他教我如何解讀交易網站上的圖表。K線圖最好用，但柱狀圖也不錯。要上學不能買賣時，我就下停損單和限價單。我爸根本不知道我挪用他的錢進行買賣交易。」她深呼吸，看著執法部的律師，「還有，我不是十一歲，我十二歲了。」

　　一片沉默，琳蒂聽見書記官在電腦前輸入她剛才說的話。

　　霍桑律師坐回椅子上。

　　主席轉動椅子，看著其他委員們。「還有人有其他問題想問

薩克斯小姐的嗎？」

其他委員們沒有說話，其中幾個搖搖頭。最旁邊的男委員給琳蒂一個安慰的微笑，然後繼續看著自己的手指。琳蒂心想，他的手指應該都摳到禿了吧。

「謝謝，薩克斯小姐，」主席說。「目前這樣就可以了，現在我們要聽最後陳述，妳可以去等待區找家人了。午餐後再行審議。」

就這樣了。琳蒂可以做的都做了，現在只能等待。她挺起套裝外套下的肩膀，儘可能的坐挺，然後說：「謝謝。」

判決書

　　琳蒂一家人坐在第四聽證室外的等待區，靜靜地看著彼此。崔西把指甲咬得短到不能再短；薩克斯先生的雙手因為一直摩擦鬍子而變得粗糙；薩克斯太太陷進沙發裡，琳蒂的套裝看起來像是先放在行李箱壓皺了再拿出來穿。他們出去吃了點午餐，但出去跟回來都得突破記者的層層包圍。已經下午四點五十分了，委員會還在審議當中。他們可以一直討論到明天早上，或是更久，儘管現在距離下班時間只剩十分鐘，但霍桑律師似乎很確定，委員們會在今天下班時間前就做出決定。琳蒂也希望是如此。

　　助理克拉克打開聽證室的門，「薩克斯家？」他說。

　　全家四個人還有霍桑律師都突然驚醒。「委員會已做出決定，你們可以進來了。」

　　薩克斯一家人一邊站起來，一邊看著彼此。琳蒂抓住爸媽的手。他們被帶回聽證室，坐回原本的位子。執法部的律師幾分鐘之後也到了，說說笑笑的。其中兩個手上還拿著咖啡，另一個拿著一杯紅色的冰沙。顯然他們不像琳蒂一家一樣，對結果如此緊張。

法官席後方的門打開，委員們跟之前一樣走了出來。主席拿著一小疊紙。琳蒂立刻站了起來。

　　「請坐，」主席說。她順了順屁股底下的法袍，在桌上敲敲那疊紙。她的視線掃視一遍現場的人，然後再度開口。「謝謝各位耐心等待我們討論這件案子的細節。根據手上的證據與被告的證詞，我們決定，本案沒有必要進一步調查或審理，民事或刑事皆是。」

　　琳蒂大大吸了一口氣。她看向霍桑律師，想確定法官說的話的確是她心裡想的那個意思。霍桑律師露出真誠、真實的微笑，琳蒂也感覺到自己露出了笑容。我們**贏了**！她心想。她的手在桌子底下握住爸爸的手。只有這樣才能阻止自己跳上跳下。她想擁抱所有人，包括爸爸、委員們、甚至霍桑律師，但她得等到主席把話說完。雖然主席說的正是她想要聽到的，但還是很難專心聽她說完話。

　　琳蒂心想，**我做到了**。她心想，**他們相信我了**。但最重要的是，**呼……**。

　　「雖然我們不會對兩位被告提出告訴，」主席說道，「但我們據此要求薩克斯先生與女兒停止並終止股票交易行為。」

　　「停止並終止？」琳蒂低聲向霍桑律師問道。

　　不能從事任何股票交易。霍桑律師寫在一張紙上。

　　沒問題。琳蒂以紙條回覆，這點沒問題。她畫了一個笑臉，霍桑律師輕輕地笑了。

「薩克斯先生，」主席說。「你必須關閉個人帳號，未來五年裡不得主動從事股票交易。如果你想投資股市，必須透過合格理財顧問或證券經紀商。瞭解了嗎？」

　　「是的，庭上，」薩克斯先生說。「謝謝。」

　　「琳蒂，」主席說。她拿下眼鏡，看著琳蒂的雙眼。「妳的確是個很聰明的女孩。把這次經驗當成是嚴格警告，也是一次非常、非常幸運的機會。在滿十八歲前，妳不得從事任何股票交易。」

　　「是的，庭上。」琳蒂壓抑住自己的笑容說道。「相信我，我不會的。」

　　「很好，」主席說。「委員會允許妳的雙親就此接手本案子，給予適當懲罰。我猜由妳來支付聘請霍桑律師的費用，就足夠處罰妳的了。還有，琳蒂，下次妳想玩大的，」主席雙唇露出淡淡的微笑，「記得要讀完**所有**規定，即使是無聊的也要。」

43

未來的選擇[35]

　　聽證會已經過了一個星期了，日子終於開始變得稀疏平常了。琳蒂的爸爸回去上班，媽媽的臉上又有了生氣，數學再度成為琳蒂生活中最令她煩惱的事情，雖然現在已經沒有那麼煩惱了。幸好她在普通班，也有凱西和她當同學。她爸媽還是讓她繼續上馬格利斯先生的課，一星期一次，他們覺得請數學家教是值得的花費，和上溜冰課、買新衣服或手機不一樣。這些都是琳蒂得用自己錢買的東西，而且她要等到**很久**以後才會有自己的錢，因為她現在當保姆、掃落葉所賺的每分錢，還有她的零用錢，全都要用來支付聘請霍桑律師的費用。霍桑律師成為琳蒂與父親的委任律師，幫他們為聽證會所做準備，以及提供證券交易委員會調查所需的文件，因此收取了高得嚇人的32,000美元費用，比琳蒂那經過證券交易委員會認證、不違法的賣空交易所賺到的還多了2,000美元。

　　「如果爸媽肯讓妳接受**一次**電視訪問，妳就不用還錢還得那麼辛苦了，」崔西說。琳蒂、崔西和凱西都在家裡客廳。崔西

---

35. 原文章名'Options on Futures'亦有期貨選擇權之意。

在打毛線襪，這是她的新興趣。

　　信剛送來，自從聽證會之後，每天都會收到來自電視製作人的無數封邀約信。判決出爐幾天後，琳蒂的名字已經不再出現在新聞報紙的頭條上，不過節目邀約仍持續上門。

　　「接受電視採訪有錢拿嗎？」凱西問道。

　　「很多喔！」琳蒂說。「寫書也是。但我爸媽說不可以。他們覺得我不能靠這件事賺錢或引來更多注意。我的確得到很多關注。現在我只希望能趕快結束。」

　　「妳希望媒體可以『停止並終止』？」崔西問道。這是薩克斯家最新的流行語。「我可不，我很高興最糟以及擔心的部分已經結束了。但那是當然的，如果要我接受電視採訪，我百分之百願意。」

　　「說不定可以，」凱西說，「以琳蒂姊姊的身分。」

　　「承認吧，」崔西說，「我上電視肯定可以引起轟動。」

　　琳蒂翻了個白眼。「請『停止並終止』吹牛。」

　　門鈴響起，三人面面相覷。先前執達員送來第一封傳票時，也是她們三個一起在客廳裡。琳蒂站起來應門，希望那件事不會重演。「是誰？」她問道。

　　「小豪，」門外的人這麼回答。

　　琳蒂張大嘴巴。她對著崔西和凱西揚起眉毛。

　　崔西撐著地板站起來，「我讓你們三個人獨處吧，」說完她拿著毛線和勾針走進走廊裡。

琳蒂打開門，的確，是她的老朋友小豪站在那裡。自從聽證會前一天，經歷那可怕的早上事件後，他們就沒再交談過了。小豪傳了幾封電子郵件給琳蒂，但她沒有打開來看。不過，她也沒把信刪掉，信還躺在信箱裡，等待被開啟或丟進垃圾桶裡。現在小豪就站在玻璃門外，等著琳蒂邀請他進去或是被拒絕。他的臉還是一樣圓，一樣的藍色牙套，穿著他常常穿的那件灰色風衣。但他看起來有一點不一樣了。

　　「嘿，」琳蒂說。

　　「嗨，」小豪說，「我可以進去嗎？」

　　「斯蒂芙和你一起來嗎？」琳蒂問道。

　　「沒有，」小豪說，「只有我一個人。」

　　琳蒂勉強地打開玻璃門，小豪走了進來，但沒有坐下。「噢，嗨，凱西，」他說。

　　「嗨，」她回應。

　　「我很高興證券交易委員會決定撤訴。」小豪說。

　　「我也是，」琳蒂說。她坐回沙發上和凱西一起，留下小豪尷尬地站在門邊。

　　「對不起，在妳忙著……」小豪說，「妳知道，處理那些事情的時候，我卻像個混帳一樣。」

　　琳蒂沒有說話。她喜歡和凱西在一起，或許她只需要凱西就夠了。不過，不管是好是壞，她已經失去了斯蒂芙這個朋友，只是再見到小豪時，讓她意識到自己不想要也失去小豪。她很

想念他。

「斯蒂芙那樣對妳，我也很抱歉。我想她只是因為……妳們沒有繼續當好朋友而覺得傷心吧，可是她不該說那些話。」

琳蒂雙手抱在胸前。如果斯蒂芙真的為她們的友誼感到傷心，她表現的方式也太奇怪了。而且，斯蒂芙並沒有親自道歉。不過，如果她真的出現，琳蒂會開門讓她進來嗎？斯蒂芙也有寄信給她，就在聽證會的判決登上新聞後。琳蒂還沒看斯蒂芙是否在信裡道歉，就直接把信刪了。

「我想她很想妳，我是說，」小豪說，「我想妳。我想告訴妳，我和斯蒂芙分手了。」

琳蒂和凱西互看彼此。

「她對妳說那些話真的不對。」

「的確是。」琳蒂同意道。

「那麼，」小豪嘆了口氣，「我只是想跟妳說，我真的很抱歉，還有，要跟妳說，學校見。」他看著琳蒂，然後突然想到什麼。「對了！」他翻找著背包，拿出一個裝在塑膠袋裡、被壓扁的杯子蛋糕，「這個給妳，是莫霍克頭杯子蛋糕，我午餐時留下來的。」

琳蒂忍不住微笑，或驚嘆小豪怎麼忍得住不吃然後留給她。「謝謝，」她說，從他手中接下袋子。

「好吧，」小豪說。「我要回家了，今天晚上線上聊？」

琳蒂點點頭。「好，晚點聊。」

未來的選擇

小豪調整一下背包，鬆了口氣，「好！」他回話時有點太過興奮。「拜拜，琳蒂。」他打開門。

「小豪，拜拜，」凱西喊道。

「拜拜，凱西，」他說。「琳蒂，拜拜。」他笨拙地揮揮手，關上門。

琳蒂和凱西看著彼此，然後笑了出來。

凱西說，「感覺還不錯，妳覺得……你們可以言歸於好嗎？」

「希望可以，」琳蒂聳聳肩，「之後就知道了。」

崔西探頭到客廳，「我可以吃一點杯子蛋糕嗎？」

琳蒂去拿餐巾和刀子的時候，她注意到了時間。下午四點，是收盤鐘響的時刻。還好，現在再也不用擔心了。或許晚點她會上線跟小豪聊聊天。或許她也會讀讀《華爾街日報》，但只是想知道股市上發生了什麼事。誰知道呢，或許哪一天她又回重回股票交易的遊戲。或者，她會像霍桑律師一樣成為證券律師，或甚至在證券交易委員會裡工作。或許有一天她會成為富甲一方的商業大亨，就像她做的心理測驗所說的。或是等她大一點，她會接受寫書的邀約，成為一名暢銷作家。

不過現在，下午四點代表的是，媽媽隨時可能回家，然後爸爸會在晚上六點回來。現在，她有這個切成三等份的杯子蛋糕就心滿意足了。

股票交易詞彙表

根據 Investopedia.com 投資網站、肯‧利托（Ken Little）《寫給笨蛋的活躍交易完全指南》（*The Complete Idiot's Guide to Active Trading*），以及美國證券交易委員會網站（www.sec.gov）之內容改寫。

活躍交易者（Active Trader）：迅速買賣股票、透過每分、每小時、每日的股價變動而獲利的人。活躍交易者會利用交易來迅速獲利，他們不會持股多年、期待股價穩定上漲。

看空（Bearish）：悲觀且預期股價將會下跌。當股價普遍下挫時，便稱之為「熊市」（Bear Market）。你可以看空任何自認結果可能不好的事情，例如：琳蒂看空自己通過數學考試的能力。

看多（Bullish；又稱「看漲」）：樂觀並有信心股價會上漲。當股價普遍上漲時，便稱之為「牛市」（Bull Market；又稱「多頭市場」）。你可以看多任何自認會有好結果的事情。例如：斯蒂芙看多（好）自己學會溜冰技巧中的三周半跳能力。

資金儲備（Capital Reserve）：預留未來使用於投資的資金。在股票交易帳戶中，儲備資本是可用來購買股票的錢。

停止並終止（Cease and Desist；簡稱「停終」）：政府或法庭下達的命令，禁止任何可疑或非法活動。

收盤鐘（Closing Bell）：股市交易時間結束。紐約證券交易所在美東時間的下午四點收盤，會由某人（通常是特別嘉賓）敲響一座真正的鐘。

委員（Commissioners）：證券交易委員會的負責人。其成員會有五名，是由美國總統所任命，且獲得參議院批准。總統亦任命其中一位委員擔任主席，也就是最高行政長官。

當沖交易者（Day-Trader；又稱當沖客、當日交易者）：全天買賣股票的活躍投資人，希望可以從幾分鐘之間（或幾秒間）的股價變化得到獲利。操盤手經常在當天收盤前將所有股票賣出，以免有隔夜未沖銷部位。

期貨（Futures）：可讓交易人在未來時間以特定價格買進購入的金融合約。就像股票是在股票市場進行交易，投資人也可以在期貨市場買賣期貨。例如，如果你認為柳橙汁價格將上

漲，可以現在就以低價買進柳橙汁的期貨。

避險（Hedge；又稱對沖、套期保值）：以投資來抵銷虧損的風險。如果丟銅板時你賭正面朝上，你也可以用一些錢賭反面朝上，此稱為賭注避險。

有獲利（in the Green）：整體而言是有獲利的。如果有一部分的持股股價上漲，一部分下跌，但賺進的金額比損失的還要多，那就是有獲利。在琳蒂的股票交易螢幕上，看見一個綠色三角形指標，便表示買進的股票價格上漲了。

虧損（in the Red）：整體是虧錢的。如果有一部分股票上漲，有一部分股票下跌，虧損的金額高過獲利的，那便是虧損。在琳蒂的股票交易螢幕上，看見一個紅色三角形指標，便表示買進的股票價格下跌了。

內線交易（Insider Trading）：根據未公開的重要資訊，買進或賣出股票。為了確保所有投資人取得的個股資訊都相同，內線交易是違法的。

投資人（Investor）：買賣股票與其他有價證券的人。有些投

資人會持有股票多年，希望股價可以穩定成長。另一些人，例如琳蒂，則會快速買賣股票，希望可以迅速獲利。

限價單（Limit Order）：當股價達到特定價格時，會自動買進或賣出個股的訂單。舉例來說，如果琳蒂用5元美金買進一檔股票，她可能會在電腦前設定限價單，當股價達到8塊時股票會自動賣出，那麼她每股便可賺進3美元。

保證金（Margin）：買進股票而借貸來的金錢，投資人透過融資交易（Trade on Margin），先借錢來買股票，待賣掉股票後再將借出的金額還回。

共同基金（Mutual Fund）：投資「多元化投資組合」的資金，而不是對個股進行買賣。投資共同基金時，資金會運用在投資股票、債券、以及其他有價證券上，一切皆由專業資金經理人決定。共同基金的風險性相較於個股小，因其價值較不會迅速或劇烈變動。

投資組合（Portfolio）：投資人持有之所有證券與儲備資本。琳蒂的投資組合價值，會隨著她在不同價位買賣各種股票而有所改變。

持股部位（Positions）：投資人所擁有之股票。琳蒂所持股部位可能是300股的 FGY。她買進時每股3.15美元，目前市值每股4.09美元。

報價（Quote）：股票的最新價格。

證券（Securities）：任何可以公眾買賣的投資產品，例如：股票、債券、期貨等等。證券市場是由證券交易委員會監管。

證券交易委員會（Securities and Exchange Commission；簡稱 SEC）：負責監管股票市場與其他有價證券市場的政府單位。其使命是保護投資人，並且維持金融市場之穩定。

股份（Share）：公司所有權的基本計量單位。成為公司的股東（Shareholder）或持有股份，不代表你可以插手公司營運。但如果公司營運狀況良好，亦可分得一部分獲利。股份（Shares）與股票（Stock）可作交互使用。

賣空（Short Selling）：持有股價即將下跌的公司的股票。賣空是向證券商借入股票，並將這些股票以高價賣出，再以低價買回。爾後再將股票還回證券商，並從中獲利。當股價下跌時，賣空即可賺錢。所以如果有人說：「不要『看不起我』（Sell Me Short）」，意思是：「別假設我會表現不好。」

THE SHORT SELLER

股票（Stock）：公司所有權的基本計量單位，一般人可買進與賣出。股份（shares）與股票（stock）可交互使用。

股票市場（Stock Market）：買賣股票的市場。紐約證券交易所實際存在於紐約市裡。營業時間為週一至週五的早上九點三十至下午四點。交易員在交易廳喊出想買進或賣出的股票。一般民眾亦可透過股票經紀人（Stock Broker），透過網路或親自購入的方式來買賣股市中所有股票。

股票代號（Stock Symbol）：作為股市中某間公司的一組獨特字母組合。例如，夢幻吹風機公司（Dream Dry）的股票代碼為 DDRY。

停損（Stop-Loss）：如果股票跌至特定價格時，將自動賣出股票的訂單。琳蒂上學時使用停損單，一旦她擁有的某個股票開始大幅下挫，電腦便自動賣出她所持有的股票，這樣即不致虧損太多錢。

華爾街（Wall Street）：紐約市曼哈頓（Manhattan）的一條街道名稱。原本是紐約證交所的所在處，現在則有許多大型證券商與投資銀行進駐。現今「華爾街」亦可泛指整體的金融界。

謝辭

　　寫作是件孤獨的工作，但完成這本書卻仰賴了許多貴人相助。感謝 Meyers & Heim 法律事務所的羅伯・海姆（Robert Heim）撥冗與我討論，回答我的許多問題，並分享他對於證券法的專業見解。我常常說，如果角色陷入我不知道如何脫身的困境時，這個故事就成功了。琳蒂在故事裡惹上了大麻煩，而海姆先生則告訴我如何使她脫困。

　　我也要感謝證券交易委員會，其官方網站提供了全面且無限的幫助，證券交易委員會也讓我參觀並旁聽行政聽證會。我不常有機會能做到這方面的研究，因此，由衷感謝證券交易委員會如此地傾力相助。

　　希望琳蒂對股市的瞭解比我更深。為此，我必須感謝肯・利托（Ken Little）的《寫給笨蛋的活躍交易完全指南》以及 investopedia.com 投資網站。希望對股市瞭解更深入的讀者們，可以尊重小說中敘述電子交易時的創作自由，且願意原諒我的失誤。

　　衷心感謝傑出的菲利浦・布洛菲（Flip Brophy）與茱莉亞・卡登（Julia Cardon），他們讓這一切成為可能。在 Atheneum 出版社，因為有露塔・利馬（Rūta Rimas）以智慧提供見解、

給予支持，才讓這本書變得更好。從數學老師轉職為編輯的利馬，十分喜歡琳蒂以及她的古靈精怪，因此對琳蒂總有份特別的喜愛。我也要深深感謝 Simon & Schuster 出版社中，負責這本書的每位同仁，特別是克里斯汀娜‧索拉佐（Christina Solazzo），她的編輯功力超凡入聖（而且還包括好幾個令人驚艷的數學圖表！）。

我還要感謝在過去幾年裡，有幸一起合作的編輯們。他們協助提昇我的寫作能力，還提供無價的鼓勵，讓我能夠繼續寫下去。

說到鼓勵，謝謝我的學生們在每個學期裡給我的靈感，還有小小讀者提醒：我有份世界上最好的工作。感謝成長過程中，讀過的書本及其作者們，是他們促使我揮筆創作，雖然至今仍難以相信自己已躋身作家之列。

最好的留在最後。感謝我的家人：我的父母、祖父母、兄弟，以及羅切斯（Roches）家族的所有成員，尤其是格蘭特（Grant）、卡崔娜（Katrina），以及列夫（Lev）。

國家圖書館出版品預行編目（CIP）資料

12歲那天，我賠光了老爸的帳戶 / 艾莉莎‧布蘭特‧懷絲曼(Elissa Brent Weissman)著；陳維真譯. -- 初版. -- 臺北市：大寫出版：大雁文化發行，2017.07
232 面；14.8×20.9公分. -- (be Brilliant!幸福感閱讀；HB0025)
譯自：The Short Seller
ISBN 978-986-5695-91-0(平裝)

874.57   106006965

大寫出版be-Brilliant! 書系 HB0025

12歲那天，我賠光了老爸的帳戶

The Short Seller by Elissa Brent Weissman

Chinese (complex characters) language copyright © 2017 by And Publishing Ltd
Original English language edition: Copyright © (exactly as it appears in Proprietor's edition)
Published by arrangement with Atheneum Books For Young Readers,
An imprint of Simon & Schuster Children's Publishing Division

作　　　者　艾莉莎‧布蘭特‧懷絲曼　Elissa Brent Weissman
翻　　　譯　陳維真
封 面 繪 畫　Cinyee Chiu
內 文 排 版　菩薩蠻電腦科技有限公司

行 銷 企 畫　郭其彬、王綬晨、邱紹溢、陳雅雯、張瓊瑜、蔡瑋玲、余一霞、王涵
大 寫 出 版　鄭俊平
發 行 人　蘇拾平

出　版　者　大寫出版社 Briefing Press
　　　　　　台北市松山區復興北路333號11樓之4
電　　　話　（02）27182001
傳　　　真　（02）27181258
發　　　行　大雁文化事業股份有限公司
　　　　　　台北市松山區復興北路333號11樓之4
　　　　　　讀者服務信箱 andbooks@andbooks.com.tw
劃 撥 帳 號　19983379
戶　　　名　大雁文化事業股份有限公司

初 版 四 刷　2021年05月
定　　　價　280元
I S B N　978-986-5695-91-0

幸福感閱讀

Be-Brilliant